MARGRID HRUŠKA

Ave Maria und Amen
Zwei Frauen im 20. Jahrhundert

AF215186

Margrid Hruska, 1932 in Essen geboren, heiratete sofort nach dem Abitur, bekam drei Kinder und begann ihr Studium mit 36 Jahren. Sie arbeitete als Lehrerin in den Fächern Deutsch und Geschichte. Heute lebt sie in Hannoversch Münden in Südniedersachsen.

MARGRID HRUŠKA

Ave Maria und Amen

Zwei Frauen im 20. Jahrhundert

Bibliografische Information der Deutschen Nationalbibliothek
Die Deutsche Nationalbibliothek verzeichnet diese Publikation in der Deutschen Nationalbibliografie; detaillierte bibliografische Daten sind im Internet über dnb.d-nb.de abrufbar.

ISBN 9783749407163

Herstellung und Verlag:
Books on Demand GmbH, Norderstedt

1. Auflage

© Margrid Hruška 2019

Gestaltung
Anna Hruska, Clara Hruska

1.

Karl war in sein Heimatdorf gefahren, um seinem Vater mitzuteilen, dass er heiraten wollte. „Warum hast du denn deine Braut nicht mitgebracht? Wir hätten sie doch gerne kennen gelernt." Karl war bedrückt. Er hatte es nicht gewagt, sie seiner Familie und seinen Freunden vorzustellen. „Sie ist katholisch", musste er bekennen. Vater Heinrich stutzte „Das kann ja nicht gut gehen." Er war sichtlich betroffen. „Wir hier sind evangelisch!" Zweifellos war er der Meinung, dass das eine gute Begründung für seine Ablehnung war. „Du weißt doch, wie die Katholiken sind."
Karl wusste um die Meinungen der Westerwälder in seiner Heimat. Eigentlich gab es nur zwei Katholiken in ihrem Dorf. Man war nicht gut auf sie zu sprechen. Im Laufe der Jahrzehnte hatte man sich alle Vorurteile zu eigen gemacht, die im Umlauf waren.
Juden und Katholiken, das waren Halsabschneider und Heuchler. Eigentlich waren die Juden noch schlimmer als die Katholiken. In diesen Fragen war man sich allgemein einig. Vielleicht gab es einige, die mit dieser Haltung nicht ganz einverstanden waren, aber sie wagten es nicht, sich offen dazu zu äußern. Die Katholiken in ihrem Dorf waren dabei eine Ausnahme. Sie waren eigentlich ganz nett, wahrscheinlich weil sie schon lange in einem evangelischen Dorf wohnten.
Auf dem Müllerhof wusste man bescheid. Müllers Wilhelm, der größte Bauer, oben auf dem Hügel, erzählte immer wieder seine Geschichte, wenn sie im Dorf in der Kneipe saßen. Es hatte schlechte Ernten gegeben, und er musste sich Geld beim Juden leihen. Und als er nicht mehr aus noch ein

wusste, kam der Jude und wollte sein Geld zurück haben. Auf eine Verschiebung der Rückzahlung wolle er sich nicht einlassen. Keiner glaubte ihm, dass auch er Termine für seine Kredite hatte. Wilhelm hatte den größten Teil seiner Felder verloren. Sie waren unter den Hammer gekommen. Er hatte allerdings selbst genau gewusst, dass der Rückgabetermin des Kredits in dem Vertrag stand, den er mit dem Juden anfangs ausgemacht hatte. Auch war der Jude nicht verantwortlich für die Jahre der schlechten Ernten.

Und die Katholiken waren so viel besser auch nicht. Sie gingen zur Beichte, erzählten ihrem Priester, dass sie mal wieder jemanden übers Ohr gehauen hatten, beteten einige ‚Ave Maria's' und glaubten, damit sei alles vergeben. Als Evangelischer musste man sich selbst mit der Reue herumplagen.

Beim letzten Dorffest hatte der katholische Eduard eine verheiratete Frau geküsst. „Na ja, und so weiter, ihr wisst schon", hatte er dann noch hinter vorgehaltener Hand geflüstert. Er beichtete und alles war wieder gut. Manche der jungen Burschen waren neidisch; „So kann man sich alles erlauben und braucht kein schlechtes Gewissen zu haben", meinten sie, wenn sie dann abends nach der Arbeit zusammenstanden und die Neuigkeiten besprachen.

Karl war auf dem Hof unten im Tal aufgewachsen. Die Höfe im Westerwald waren klein und warfen wenig ab. Die Ernten waren schlecht gewesen in den letzten Jahren und die Preise gefallen. Den Hof erbte der Älteste, und das war sein Bruder Heinrich. Die Jüngeren mussten sich eine Arbeitsstelle suchen.

Der Abschied von seinem Heimatdorf war Karl nicht leicht gefallen. Auch in diesem Jahr warb die schnell aufstrebende Firma Krupp bei den jungen Bauernburschen um Arbeitskräfte für ihre Fabriken in Essen, die dringend gebraucht wurden. Das deutsche Reich rüstete auf. Der Nationalismus in den Ländern Europas und die komplizierten Bündnisverpflichtungen der Länder untereinander steuerten auf einen Krieg zu. Die Firma Krupp war dabei mit der Herstellung von Waffen hilfreich, wie die „Schmiede des Reiches" es immer schon gewesen war. Das wusste man auch auf dem Land im Westerwald.

Ohne zu zögern folgte Karl dem Werber nach Essen. Dieser versprach den jungen Männern eine Arbeitsstelle und vielleicht sogar eine Ausbildung in den Fabriken von Krupp. Eine Wohnung würden sie auch bekommen, wenn sie heirateten. Eine Kranken- und eine Rentenversicherung wurde ihnen versprochen, und ein modernes Krankenhaus stand allen zur Verfügung, wenn sie krank wurden.

Karl stellte bei seinem ersten Besuch in Essen fest, dass der Werber nicht übertrieben hatte und dass die Versprechungen tatsächlich eingehalten wurden. Er hatte allerdings bei seiner Einstellung ein Papier unterschreiben müssen, das von ihm verlangte, dass er auf die Mitgliedschaft in einer Gewerkschaft und das Streiken verzichtete. Das fiel ihm leicht, denn so etwas hatte es bei ihnen auf dem Land ohnehin noch nie gegeben. Es war für ihn kein Verzicht. Manchmal allerdings hatten sie auch in ihrem Dorf gehört, dass einige Arbeiter sich zusammenschlossen, um Verbesserungen für sich zu erkämpfen. Aber er war froh, dass er eine gute Arbeitsstelle mit einem guten Verdienst hatte. Was sollte man da noch erkämpfen? Man würde sein gutes Auskommen haben, auch dann, wenn eine Familie zu versorgen war. Er würde also zu einem guten ‚Kruppianer' werden.

Seine junge Braut kam aus dem Sauerland nach Essen. Die meisten dort waren katholisch. Auch sie kam aus einer kinderreichen Familie. Als sie alt genug war, ging sie ‚in Stellung'. Es wurde eine Familie in Essen gefunden, bei der sie als Dienstmädchen arbeitete, damals der übliche Beruf für Mädchen aus ärmeren Familien. Eine Lehrstelle oder eine andere Art von Ausbildung war für Mädchen nicht vorgesehen. ‚Sie heiraten ja doch', war die allgemeine Meinung. Und so lernten sie gleich auch, was man später wissen musste, wenn man eine eigene Familie zu betreuen hatte. Sie hatte es gut getroffen. Die Dienstherrin war freundlich, die Kinder behandelten sie meistens respektvoll, und der Hausherr nahm sie kaum zur Kenntnis. Früher hatte Franziska von ihren Freundinnen manchmal schlimme Dinge gehört. Es gab grobe, ständig tadelnde Frauen, freche Kinder und am schlimmsten waren die Herren, die die Mädchen ‚antatschten' oder noch Schlimmeres verlangten.

Franziska war froh gewesen, dass sie in die „weite Welt" gehen und dabei viel lernen konnte. Schon nach kurzer Zeit fühlte sie sich wohl im Haus der ‚Herrschaft'. Sie hatte schon einiges dazu gelernt. So durfte sie schon manchmal beim Kochen helfen und sogar auf der neuen Nähmaschine nähen, die die Hausherrin angeschafft hatte.

Und nun hatte sie auch noch ihren Karl kennengelernt. Er war ein so netter Mensch! Franziska war über beide Ohren in ihn verliebt. Jeden Sonntag gingen sie an der Ruhr spazieren und hatten sich viel zu erzählen. Sie berichteten von ihrem Heimatdorf, von ihren Familien und Freunden, von ihren Arbeitsplätzen und ihren Zukunftsträumen. Bald waren sie sich einig, dass sie zusammengehörten. Von den Unterschieden der beiden Konfessionen, denen sie jeweils angehörten, wurde kaum gesprochen. Es war in den Hintergrund getreten.

Sie waren beide zu verliebt, als dass es zu einer Klärung oder sogar zu einer Auseinandersetzung gekommen wäre. Katholisch oder evangelisch, das würde sich mit der Zeit sicher regeln lassen. Trotzdem bedrückten sie die Unterschiede insgeheim.

Karl hatte sich inzwischen mehr Gedanken über seine eigene evangelische Religion gemacht. War es eigentlich so schlimm, wenn sich ein katholischer Christ nach der Beichte erlöst fühlen konnte. Und bereuen musste er auch seine Sünden, genau wie die Evangelischen. Karl bewunderte die fröhliche und unbefangene Art, in der sie mit ihrem Gott umgingen. Er hatte es oft an seiner Franziska beobachten können. Seine eigenen Kirchenbesuche waren recht selten geworden. Es ging dort sehr ernst zu und meistens war dort die Rede davon, dass man sein Pflichtbewusstsein gegenüber sich selbst sehr ernst nehmen müsse, und da gab es wenig Hilfen von irgendjemandem, der helfen konnte und dem man seine Sorgen und Nöte unterbreiten konnte. Manchmal hätte er sich auch einen Zuhörer gewünscht. wie es der Priester bei den Katholiken war,

Dennoch versuchte Karl oft, Franziska von dem lästigen sonntäglichen Kirchgang abzuhalten, damit sie am einzigen freien Tag der Woche zusammen sein konnten. Oft gab sie Karl nach.

Treschen, Franziskas Schwester, die schon länger in Essen verheiratet war und auch dort arbeitete, achtete darauf, dass sie möglichst jeden Sonntag die Heilige Messe besuchte. Karl mochte Treschen nicht besonders. Sie machte Franziska ein schlechtes Gewissen und Franziska war bedrückt. Der Sonntag war der einzige Tag in der Woche, an dem er nicht arbeiten musste, und er wäre gerne mit seinem Mädchen spazieren gegangen oder hätte sogar einen kleinen Ausflug gemacht. Aber jedes Mal, wenn Franziska ihrem Karl nachgab, machte ihr Treschen große Vorwürfe. „Die Wandlung in der Messe ist ein Sakrament und dieses Sakrament muss jeden Sonntag eingehalten werden. Der Priester sagt, die sieben Sakramente der katholischen Kirche müssen immer und unbedingt befolgt werden. Wenn du es nicht einhältst, ist es eine große Sünde und du kommst in die Hölle."

,Der Priester sagt', äffte Karl seine zukünftige Schwägerin nach. Das war genau das, was man sich im Westerwald erzählte. Sie glaubten alles, was der Priester sagte. Sie glaubten auch, dass bei der Wandlung die Oblate, die ihnen beim ,Abendmahl', so nannten es die Evangelischen, in den Mund geschoben wurde, zum Fleisch Jesu werden würde. Und den Wein, der eigentlich das Blut Christi sein sollte, trank nur der Priester

Die Wandlung war ein Sakrament, das es jeden Sonntag zu erfüllen galt. Wenn also der sonntägliche Messebesuch nicht eingehalten würde, dann reichte auch nicht mehr das Fegefeuer, in dem ohnehin vor der Hölle noch die lässlichen Sünden abgebrannt wurden. Gegen die Sakramente durfte eben nicht verstoßen werden.

Bei den nächsten Schritten ihrer Zukunftsplanung tauchten die ersten wirklichen Probleme auf. Heiraten in der katholischen oder der evangelischen Kirche? Zuerst unmerklich aber immer deutlicher werdend schlichen sich die unterschiedlichen Ansprüche der beiden Konfessionen und der jeweiligen dazugehörigen Verwandtschaften in ihr Bewusstsein und in ihre Beziehung.

Franziska und Karl liebten sich, sie waren sich sicher, und so wurde trotz aller Widerstände der Hochzeitstermin festgesetzt. Treschen hatte Karl abgetrotzt, dass die Hochzeit in der katholischen Kirche begangen wurde. Die Heirat war ebenfalls ein Sakrament, und Franziska war froh, dass ihr dieser Gewissenskonflikt erspart blieb.

Verkniffen saßen die Hochzeitsgäste am Hochzeitstag säuberlich getrennt in der Essener katholischen Kirche in den Kirchenbänken, hier die katholischen Sauerländer, dort die evangelischen Westerwälder. Trotz der Missbilligungen auf beiden Seiten waren sie doch alle gekommen. Das wollten sie ihren Kindern und Geschwistern nicht antun, dass sie alleine blieben mit der neuen Verwandtschaft. Bei der katholischen Familie hatte Treschen ein wenig nachgeholfen und ihnen zugeredet, dass Franziska gerade jetzt ihre Unterstützung brauche.

Bei den Westerwäldern war auch etwas Neugier im Spiel. Was würden sie in Essen mit den neuen Verwandten erleben, und wie waren sie eigentlich so? Sie schauten sich interessiert in der Kirche um. Bewundernd sahen sie an den mit Schnörkeleien bemalten Säulen hoch und staunten über die Höhe des Kirchenschiffs. Beeindruckt wanderten ihre Blicke von der goldenen Pracht an den Altären zu den riesigen Gemälden an den Wänden, auf denen prächtig gekleidete Männer und Frauen abgebildet waren. Das ‚ewige Licht' flackerte in einem Kasten. Es durfte angeblich nie gelöscht werden: auch nachts nicht? auch alltags nicht? Viele Heilige waren als Figuren in Menschengröße aufgestellt und so bemalt, dass sie wie echte Menschen aussahen. Zuhause erzählte man sich, dass sie angebetet wurden, als seien sie wie Götter und könnten Wunder vollbringen. Mit vielen von ihnen konnten auch sie Geschichten verbinden. Von der großen Figur mit dem kleinen Kind auf der Schulter, dem Christophorus, wussten sie, dass er das Jesuskind über das Wasser getragen hatte. Aber für sie war es eben nur eine schöne Geschichte von früher. Das war etwas ganz anderes. Auch die großen Kirchenfenster fanden sie wunderschön. Die Sonne schickte ihr Licht durch das bunte Glas, und der große Raum wurde bunt und märchenhaft durchflutet. Viele von den Geschichten, die mit dem bunten Fensterglas dargestellt waren und Geschichten aus der Bibel erzählten, kannten sie aus ihrem Konfirmandenunterricht Sie gestanden sich ein, dass diese Kirche doch schön war.

Dagegen war ihre Kirche im Dorf zu Hause sehr einfach. Auf ihren Kirchenbänken konnte man vielleicht etwas bequemer sitzen. Der Altar war nicht vergoldet, auf ihm standen meistens die Blumen, die in der jeweiligen Jahreszeit wuchsen. Durch das Glas ihrer Fenster schien die Sonne in ihrer natürlichen Farbe und warf Lichtstrahlen in den Kirchenraum, in denen Staubkörnchen tanzten. An den Wänden hingen Hinweistafeln, die die Lieder anzeigten, die gesungen werden sollten. Zur Predigt stieg der Pfarrer auf die Kanzel, an der auf dem unteren Teil die vier Evangelisten abgebildet waren. Wenn sie das Abendmahl nahmen, die meisten mussten zugeben, dass sie nach ihrer Konfirmation sehr selten daran teilgenommen hatten, reichte der Pfarrer jedem den Pokal mit dem Wein.

‚Ein schönes Paar', stellten beide Verwandtschaften fest, als Karl mit seiner Franziska den langen Gang zwischen den beiden Bankreihen der Kirche bis zum Altar entlang schritt. Treschen hatte ihrer Schwester ein hübsches Kleid aus einem weißen, weich fließenden Tüllstoff genäht, das mit einem breiten hellgrünen Satinband in der Taille gehalten. wurde. „Sie sieht aus wie ein Engelchen", flüsterte ihre Mutter ihrer Nachbarin zu.

Eigentlich, dachten die Westerwälder, unterscheidet sich die Trauung kaum von der in unserer Kirche. Sie tauschten die Ringe, versprachen sich ewige Treue, küssten sich und lächelten sich glücklich zu.

Das Hochzeitsmahl, das Treschen zubereitet hatte und das ihr Hochzeitsgeschenk für das junge Paar war, verlief ruhig. Alle gaben sich Mühe. Es sollte nicht laut werden, hatten sich Frauen und Männer versprochen. Besonders diese waren von ihren Frauen angehalten, nicht so viel Alkoholisches zu trinken und ja keinen Streit vom Zaun zu brechen. Man reichte sich die Fleischplatten, die Kartoffel- und Gemüseschüsseln, sagte artig ‚danke' und ‚bitte' und unterhielt sich über das Wetter, die Pünktlichkeit der Eisenbahn, die einige von ihnen bei der Fahrt nach Essen zum ersten Mal erlebt hatten, die Krankheiten der Kinder und machte sich ganz allgemein etwas bekannt.

Manche mögen gedacht haben, ‚so schlimm sind die Evangelischen oder die Katholischen eigentlich gar nicht.' ‚Die Tante Maria ist doch ganz nett', oder ‚der Jupp ist ein so erfrischend fröhlicher Mensch, gar nicht so verbohrt, wie sie uns das zuhause erzählt haben.' So ganz konnte man aber doch nicht auf ein Bierchen oder ein Schnäpschen verzichten, und als es später am Ende des Tisches dann doch etwas laut wurde, schob Tante Emilchen ihren Mann in Richtung Tür, bedankte sich bei Treschen und wünschte dem jungen Paar alles Gute und war mit ihrem Mann verschwunden, bevor etwas Schlimmes hätte passieren können. Anscheinend war das das allgemeine Zeichen zum Aufbruch. Nach und nach verabschiedeten sich die Gäste, nicht ohne betont zu haben, dass es eine sehr schöne Hochzeit gewesen sei.

Treschen begleitete das junge Paar zu ihrer neuen Wohnung, die schon teilweise eingerichtet war. Karl hatte etwas Geld beiseite legen können, und gemeinsam hatten sie ihre ersten Möbel ausgesucht. Eine kurze Weile saßen sie noch an dem neuen Küchentisch zusammen, erzählten sich von den Ereignissen des Tages und waren froh, dass mit den jeweiligen Verwandten alles so gut gegangen war.

Nachdem auch Treschen und ihr Mann Johann sich verabschiedet hatten, nahmen sich Franziska und Karl glücklich in die Arme, gingen bewundernd durch ihre neue Wohnung und konnten nicht so recht glauben, dass sie jetzt ein Paar waren und sie sich hier ihr weiteres Leben gestalten würden.

Franziska arbeitete weiter bei ihrer ‚Herrschaft'. Weil sie arbeitsam und zuverlässig war, wollte man nicht auf sie verzichten. Sie hatte die Erlaubnis bekommen, außer Haus zu wohnen. Karl brachte guten Lohn mit nach Hause. So konnten sie bequem noch vieles anschaffen, was ihnen jetzt noch im Haushalt fehlte.

„Und vielleicht", flüsterte Karl seiner jungen Ehefrau verliebt zu, „sind wir ja auch bald schon zu dritt."

2.

Als Franziska schwanger wurde, gab es die ersten Auseinandersetzungen. „Und meine Kinder werden nicht katholisch getauft!" Zu dieser Frage hatte es von Anfang an nur Karls Meinung gegeben. Manchmal glaubte Franziska, sie habe sich damit abgefunden. Aber immer öfter rührte sich ihr katholisches Gewissen.

Franziska brach in Tränen aus und blickte hilfesuchend zu ihrer Schwester Treschen, die mit ihrem Mann Johann gekommen war, um Franziska beizustehen. „Ich werde auf keinen Fall dulden, dass meinen Kindern von Euren Priestern der Kopf vernebelt wird. Sie werden nicht eine Holzfigur anbeten; sie werden nicht bei Weihrauchqualm ihre Rosenkränze ableiern und dann meinen, es wäre alles gut."

„Du weißt", ve Vielleicht gab es einige, die mit dieser Haltung nicht ganz einverstanden waren, aber sie wagten es nicht, sich offen dazu zu äußern.

rsuchte Treschen, die in dieser Auseinandersetzung das Wort für ihre Schwester führte, dazwischenzukommen, „du weißt, dass der Priester Franziska schon wegen eurer Ehe hart zusetzt, auch wenn ihr katholisch getraut seid. Sie lebt in Sünde. Eine evangelische Taufe kommt für ihn nicht in Frage. Und er wird bestimmt danach fragen." „Was mischt der Pope sich überhaupt in unsere Angelegenheiten. Er soll uns in Ruhe lassen. Immer haben sie versucht, den Leuten das Denken abzugewöhnen."

Bei seinen Worten ‚evangelische Taufe' hatte Franziska kurz zu ihrem Karl hinübergesehen. Karl fing ihren Blick auf. Ihr nasses, von Tränen aufgequollenes Gesicht senkte sich wieder, und überrascht merkte er, dass bei ihrem Anblick seine Wut schrumpfte.

Er hatte oft mit Franziska über diese fast unüberbrückbaren Gegensätze ihrer gemeinsamen christlichen Religion gesprochen. „Sieh mal, wir gehören beide einer christlichen Religion an; wir glauben beide an denselben Gott. Meinst du nicht, dass euer Priester mit der Zeit einsehen wird, dass wir beide anständige, christliche Leute sind und alles so richtig ist?" Franziska aber war verzagt geblieben. „So ist das in unserer katholischen Kirche. Wir meinen, die Evangelischen haben sich von Gott und vor allem von der richtigen Kirche abgewandt. Und das wird im ewigen Leben böse bestraft werden, sagt der Priester."

Wenn Franziska nachts nicht schlafen konnte, malte sie sich das Fegefeuer, oder sogar schon das Feuer der ewigen Verdammnis aus, das der Priester ihr immer wieder sehr bildhaft vor Augen führte: Sie dürfe den Schoß der katholischen Kirche nicht verlassen bei Androhung der schlimmsten Strafen, die Gott für solche Fälle bereithielt. „Die schlimmste Sünde ist die wider den Heiligen Geist", sagte der Priester in der Kirche. Aber meinte er nicht doch vielleicht die schlimmste Sünde gegen die katholische Kirche? Franziska dachte manchmal daran, dass das, was der Priester und ihre Schwester mit dem Druck, den sie auf sie ausübten, ihr antaten, wohl eher jetzt schon die Hölle war. Und trotz allem war sie entschlossen, mit ihrem Karl eine gute Ehe zu führen.

Ihre Schwester Treschen, ganz auf der Seite des Priesters, aber auch um das Seelenheil ihrer Schwester aufs tiefste besorgt, konnte in diesem Punkt nicht viel ausrichten. Es ging schon nicht mehr nur darum, ob überhaupt die verwerfliche Ehe mit einem evangelischen Christen sein durfte, es ging inzwischen darum, das Schlimmste zu verhindern. Und das waren die beiden Sakramente der Ehe und der Taufe.

Irrtümlich hatte sich Treschen wohl der Hoffnung hingegeben, dass, wenn nur die Eheschließung in der katholischen Kirche stattfand, schon alles gut werden würde. Der Ketzer Karl hatte dann zumindest vor ihrem katholischen Gott versprochen, dass er im Sakrament der Ehe bliebe, ,bis dass der Tod sie scheiden würde'. Die Taufe der zu erwartenden Kinder würde man mit etwas Druck auf Franziska jetzt oder später schon regeln können.

Bei beiden Schwestern, streng von ihren Eltern und der katholischen Kirche erzogen, ging es nicht nur um den Glauben, die Liebe zu Gott oder etwas Ähnliches, sondern auch um die verzweifelte Angst vor der ewigen Verdammnis. Treschen hatte ihre jüngere Schwester an die Geschichte mit der Kerze erinnert, die sie im Kommunionsunterricht als Kinder erlebt hatten. Zwei Wochen hatten sie damals durchgehalten ohne eine Lüge, ohne an der Marmelade zu naschen. Es war ihnen sogar gelungen, sich abends auf eine Weise so auszuziehen, dass keine von der anderen ein Stückchen vom nackten Körper sah, weil das unkeusch gewesen wäre. Einmal hatte Franziska nachts laut geschrien und war aus dem gemeinsamen Bett gefallen.

Der Priester hatte im Kommunionsunterricht eine Kerze auf den Tisch der Sakristei gestellt und den kleinen Wilhelm, der immer nicht lange stillsitzen konnte, aufgefordert, zum Tisch zu kommen und seinen Finger in die Kerzenflamme zu halten. Wilhelm aber hatte sich nicht getraut, und der Priester hatte ihm geringschätzig nachgerufen, als er mit hängendem Kopf wieder zu seinem Platz ging: "Wenn du das Feuer nicht einmal an einem Finger in der Kerze aushältst, wie willst du das Fegefeuer aushalten und überstehen?" Die Schwestern hatten sich überlegt, ob man das vielleicht lernen könnte, seinen Finger immer ein bisschen länger in die Flamme zu halten, sodass es, wenn man sich ordentlich Mühe gab, vielleicht nicht mehr so weh täte. Aber geschafft hatten sie es nicht.

Karl konnte Treschens Einfluss auf Franziska kaum verhindern. Es schmerzte ihn, wenn er seine Frau so unter ihrem schlechten Gewissen leiden sah. Trotzdem konnte er sich bei solchen Auseinandersetzungen nicht beherrschen. Oft kam er in den erregten und hitzigen Gesprächen, in denen er sich immer mehr in seine Wut hineinsteigerte, auf die in seinem Dorf herrschenden Vorurteile zurück. Er pflegte seine Meinungen mit zahlreichen Beispielen aus seiner Jugend auf dem Lande zu untermalen.

„Wo hatte denn die Kirche ihren Reichtum her? Sie erpresste auf den Sterbebetten die Erbschaften der Sterbenden mit Versprechungen damit, dass sie mit ihrer Opferbereitschaft die Zeit im Fegefeuer abkürzen könnten. Sie trieben Prunk in ihren Kirchen. Sie heuchelten, dass Armut das beste Mittel sei, in das ewige Paradies zu kommen und ließen sich wieder einen silbernen Leuchter spendieren. Sie versprachen in der Beichte, dass Gott die Sünden schon nicht so tragisch nehmen und verzeihen würde, wenn man nur ordentlich den Rosenkranz betet."

Ein Beispiel war für ihn Karneval, wenn seine katholischen Freunde wild feierten, sich betranken, wüste Sprüche machten, die Mädchen küssten, und was da alles noch sonst passierte! Und am Aschermittwoch ließ man sich in der Kirche vom Priester sein Aschenkreuzchen auf die Stirn reiben, beichtete, und alles war vergeben und vergessen. Natürlich musste man als Buße je nach der Schwere seiner Vergehen nach der Karnevalszeit zwanzig oder mehr ‚Vater unser' beten, und vielleicht sonst noch allerlei. Aber dann war es auch gut, und man beschwerte sein Gewissen nicht weiter mit Selbstanschuldigungen.

Wenn Karl sich so in Wut redete, hätte Treschen ihm gern

auf die Unverschämtheiten geantwortet, aber meistens fand sie keine Gelegenheit, etwas zu erwidern, weil sie gar nicht zu Wort kam. Aber das bedeutete nicht, dass sie nachgeben würde. Sie wappnete sich für die Gelegenheit, wo sie den Redeschwall von Karl unterbrechen konnte. „Du, bist du denn überhaupt noch ein Christ? Du gehst am Sonntag nicht in die Kirche, suchst kein Gespräch mit Gott, Denkst nicht über deine Sünden nach, feierst keine Messe in christlicher Gemeinschaft und beleidigst so ständig Gott. Und am Abendmahl, das die Gemeinschaft mit Gott verheißt, nimmst du überhaupt nicht mehr teil"

Tatsächlich ging Karl am Sonntag nicht in seine evangelische Kirche. Mit seiner Konfirmation war das vorbei gewesen. „Wenn ich in den Wald gehe, da ist Gott, da kann ich beten, in der Natur, Wald ist für mich wie ein Dom. Und schon gar nicht brauche ich Heilige, die für mich bitten und auch keinen Priester, der mir sagen kann, ob Gott mir vergibt." „Im Wald kannst du dann ja deine Kinder taufen, ohne Sakrament und ohne die Zustimmung Gottes", höhnte Treschen.

Karl sah wieder zu seiner jungen Frau hinüber. Sie hielt ein Taschentuch in der Hand und wischte sich immer wieder die Tränen aus dem Gesicht.

Er ging zu ihr, legte seinen Arm um ihre Schultern und flüsterte ihr zu: „Na gut, wenn es dir so wichtig ist, dann lassen wir das Kind katholisch taufen", und dabei streichelte er zärtlich ihren Bauch, dem man schon die Schwangerschaft ansehen konnte, „wenn es ein Mädchen wird," schränkte er aber gleich wieder ein.

Die Stimmung beruhigte sich. Man würde Zeit gewinnen, und Treschen war entschlossen, den Kampf später weiter zu führen, entweder bei diesem Kind, wenn es ein Junge würde, oder bei den Kindern, die noch folgen konnten.

Alle hofften, das erste Kind von Karl und Franziska würde ein Mädchen sein.

Und als das Kind geboren war, nannten sie es Therese.

3.

Sie nannten es Therese und baten Schwester Treschen. Patentante zu werden.

Therese wurde evangelisch getauft. Karl hatte sein Versprechen nicht eingehalten, oder vielleicht waren Treschen und Franziska inzwischen mürbe geworden, und sie hatten nicht mehr so intensiv auf der katholischen Taufe bestanden? Hatten sie Treschen als Namensgeberin auf diese Weise ein wenig beruhigt? Der Priester kümmerte sich ohnehin kaum noch um diese ungläubige Familie. Er hielt Franziska offensichtlich für verloren.

Für Franziska rückte ihr Glück mit Karl und diesem Kind die Sorge um ihr Seelenheil in den Hintergrund. Manchmal nachts meldete sich ihr Gewissen. Dann grübelte sie, ob die für Karl und Therese als so glücklich empfundene Liebe sie von ihrem Glauben hatte wegführen können, und ob es richtig sei, dass sie sie als gut und ohne Sünde empfand.

Aber der Tag war mit Arbeit angefüllt, meistens war sie zu müde, um lange traurig zu sein. Die Dienstmädchenstelle hatte sie auf Wunsch von Karl aufgegeben. Trotzdem blieb viel Arbeit. Die Windeln mussten auf dem Kohleherd in der Küche gekocht werden. Für ,große' Wäsche gab es für alle Bewohner des Hauses eine Waschküche mit einem großen Kochkessel und einem riesigen steinernen Waschzuber zum Ausspülen der Wäsche. Das Waschbrett, auf dem die schmutzigen Stellen ausgewaschen wurden, brachte jede Hausfrau selbst mit. Zum Trocknen wurde auf dem Hof nach dem großen Waschtag die Wäscheleine auf die dafür vorgesehen Pfosten gespannt. Allerdings musste man gut aufpassen. An manchen Tagen, wenn der Wind ungünstig stand, wehte Ruß von den Fabrikschornsteinen durch die Luft, und die Laken und Bettbezüge mussten dann schnell wieder von der Leine genommen werden. Alle zwei Wochen hatte sie Treppendienst. Dann putzte Franziska die Treppe zwischen zwei Stockwerken und bohnerte jeden Tag das Linoleum schön blank. Mittags musste ein warmes Essen fertig sein. Karl wartete dann ebenso wie seine Kollegen schon am Fabriktor auf seine Frau. Es wurde geplaudert und gelacht, bis die Männer satt waren und wieder an die Arbeit gingen und die Frauen das Essgeschirr einpackten und sich auf den Weg nach Hause machten. Einmal in der Woche brachte Karl seinen Lohn nach Hause und Franziska kaufte im Krupp'schen Konsum ein. Dort gab es alles, was sie für das tägliche Leben brauchte.

Nach einem Jahr wurde Franziska wieder schwanger. In Abständen von je zwei Jahren kamen drei weitere Kinder. Zuerst Heinrich, der ersehnte Junge, der ohnehin evangelisch hatte getauft werden sollen, dann Luise, und zuletzt die Jüngste, Katharina, der Liebling ihrer Mutter. Keine der Mädchen wurde katholisch getauft.

Schon seit längerem waren sie in eine größere Wohnung umgezogen, Ihre Miete hatte sich geringfügig erhöht. Natürlich war es eine Krupp'sche Wohnung, aber immer noch ohne Bad und die Toilette auf dem Treppenabsatz. Aber sie vermissten weder das Bad noch eine Toilette in ihrer Wohnung, weil sie es nicht anders kannten. Am Samstag wurde Wasser auf dem Kohleherd heiß gemacht und in einer Zinkbadewanne in der Küche gebadet.

Karl hatte die damals von den Werbern bei Krupp versprochene Ausbildung gemacht und war nun ein angesehener Facharbeiter. Als Fräser war sein Lohn erheblich gestiegen. Wenn die Kinder das entsprechende Alter hatten, besuchten sie die achtjährige Volksschule in ihrem Stadtteil, und da sie mit Freude und Eifer lernten, gab es viel Lob von den Lehrern und gute Zeugnisse.

Sie waren glücklich, die Kinder gediehen gut. Gelegentlich besuchte man die ,Duisburger', Tante Treschen und Onkel Johann, die sich über die Besuche freuten und sie gastlich bewirteten. Über die ehemaligen Konflikte wurde kaum noch gesprochen. Karl machte mit den älteren Kindern Ausflüge an die Ruhr. Die Kinder liebten diese Ausflüge. ab seine Liebe zur Natur an die Kinder weiter. Der Weg ins Ruhrtal war weit, aber Karl erzählte ihnen unterwegs Geschichten, und so verging die Zeit schnell und die Mühsal wurde dabei vergessen, besonders auf dem Rückweg, wenn es bergauf ging. Bald kannten sie die Umgebung von Essen, sie konnten Bäume und Sträucher benennen. Es wurde viel gesungen, zuerst die Lieder die Karl kannte, und später brachte Heini Volkslieder mit, die er im ,Wandervogel' kennen gelernt hatte.

Als 1914 der Erste Weltkrieg ausbrach, war Heinrich zehn und die kleine Katharina sechs Jahre alt. Die Familie blieb von den Grausamkeiten des Krieges weitgehend verschont. Karl war in der kriegswichtigen Rüstungsindustrie beschäftigt und vom Wehrdienst freigestellt. Die allgemeine Begeisterung und Euphorie konnte er nicht teilen. Erstaunt und mit Unverständnis sah er die jungen Leute übermütig durch die Straßen zum Bahnhof ziehen, wo sie ,die Ehre' haben würden, für ihr Vaterland in den Kampf ziehen zu dürfen. Heinrich war noch zu jung, um Soldat zu werden. „Schade, ich würde gerne in den Krieg ziehen und mein Vaterland verteidigen", sagte er und stand begeistert am Straßenrand, wenn die Soldaten singend und lachend in den Kampf zogen. Die Eltern waren froh, dass das nicht möglich war.

In der Fabrik wurde über die nationale Kriegsbegeisterung

wenig gesprochen, aber Karl vermutete, dass seine Kollegen ebenso froh waren wie er, dass sie nicht ins Feld mussten. Wenn man ein ‚Kruppianer‘ war, enthielt man sich ohnehin jeder politischen Äußerung. Sie hatten gelernt, ihre Meinung für sich zu behalten, da sie sich an die Zeiten erinnerten, als es den Arbeitern bei Androhung der Entlassung untersagt war, einer Gewerkschaft anzugehören oder in der Fabrik politische Gespräche zu führen. Natürlich wussten sie, dass sie die Waffen und die Munition produzierten, mit denen der Krieg geführt wurde. Und sogar mit etwas Stolz hörten sie von der ‚dicken Berta‘, einer Kanone, die in der Lage war, dreißig Kilometer weit zu schießen und französische Festungen zu zerstören. Schließlich war sie bei ihnen in den Fabriken produziert worden.

Im Hungerjahr 1917 wurden die Kinder gelegentlich in den Westerwald auf den väterlichen Hof geschickt, damit sie sich dort eine Zeit lang gut satt essen konnten und nicht zu hungern brauchten wie die meisten Menschen in diesem Jahr. Katharina war ohnehin in den Schulferien im Westerwald, so oft es möglich war. Sie fuhr gerne dorthin und im Laufe der Jahre hatte sich ein Freundeskreis aufgebaut. Meistens wurde sie schon mit Ungeduld erwartet. Zuerst wurden natürlich die Neuigkeiten ausgetauscht. „Gerda hat sich neulich im Häuschen eingeschlossen. Opa Ernst musste die Tür aufbrechen.“ Das Häuschen war das Aborthäuschen neben dem Schweinestall draußen auf dem Hof. Eine Toilette mit Wasserspülung gab es nicht. Ein Brett mit einem großen eingesägten Loch genügte, um dort gemütlich seine ‚Geschäfte‘ erledigen zu können. „Und Heinz ist beim Heuabladen vom Wagen gefallen und hat sich seinen Arm verstaucht.“

In den Ferien mussten die Kinder auf dem Hof und bei der Feldarbeit helfen. Bei der Getreideernte durften sie aus Ährenhalmen die Bänder drehen, mit denen die Erwachsenen das Getreide in Bündeln zusammenbanden und sie zu Garben gegeneinander stellte, damit sie in der Sommersonne trocknen konnten, bevor sie auf dem großen Erntewagen in die Scheune geholt wurden. Auch den Stadtkindern aus Essen war die Feldarbeit nicht zu anstrengend. Sie hatten dabei ihren Spaß, und wenn sie erschöpft waren, ruhten sie sich im Schatten der Haselnusssträucher am Rande des Feldes aus. Dafür hatten die Erwachsenen Verständnis. Keiner ermahnte oder tadelte sie.

Am Abend fuhren sie mit dem Ochsenkarren mit Onkel August auf das Kleefeld, um für die Kühe Futter zu holen. Den Duft des frisch geschnittenen Klees mochte Katharina besonders. Nachdem Tante Paulinchen die fünf Kühe gemolken hatte, schmeckte die Milch immer am besten, wenn man sie noch warm mit der Kelle aus dem Melkeimer schöpfte. Die Kinder wollten nicht einmal warten, bis sie die Milch durch das Tuch in die Milchkanne gesiebt hatte. Wenn die Sonne untergegangen war und es kühler wurde, trafen sich die größeren Kinder und die Jugendlichen auf dem Dorfplatz. Es wurde gespielt und gelacht. Sie erzählten sich die neuesten Ereignisse aus dem Dorf. Manches wurde nur unter vorgehaltener Hand der besten Freundin erzählt. „Anni geht jetzt mit dem Heinz. Wir haben sie gesehen. Und zur Kirmes sind sie schon zusammen gegangen." Kleine Liebeleien bahnten sich an, und von den Älteren verschwanden manchmal zwei, um alleine spazieren zu gehen. Auch Katharina, die von den Geschwistern die meiste Zeit in den Westerwald fahren durfte, mochte besonders diese aufregenden Abende, aber sie mochte auch die Sonne, die Arbeit auf den Feldern und im Stall und das Spiel mit ihren Freundinnen auf der Dorfstraße.

Als Heinrich 15 Jahre alt war, besuchte er die „Präparandie". Sein Vater hatte beschlossen, dass er Lehrer werden sollte. Er hatte die Volksschule mit guten Zeugnissen abgeschlossen, besaß schon früh eine Gitarre, die er auch spielen konnte, und er war gesund. Damit erfüllte er die erforderlichen Bedingungen für das sich anschließende Lehrerseminar: Volksschulabschluss, Spielen eines Musikinstruments und Gesundheit. Politische Unbedenklichkeit, auch eine Forderung für die Aufnahme ins Seminar, würde bei Heinrich wohl kein Problem werden.

Essen hatte eines der ersten Lehrerseminare eingerichtet. In der Präparandie sollten die angehenden Volksschullehrer auf das Lehrerseminar vorbereitet werden, das mit 17 Jahren begann. Diese günstige Gelegenheit wollte Karl für seinen Sohn ausnutzen. Heinrich war nicht so begeistert wie sein Vater, aber Widerspruch war nicht erwünscht. Heinrich hat die Präparandie besucht, aber er legte erst gar nicht die Prüfung für das Lehrerseminar ab, sondern meldete sich selbständig an der Baugewerkschule an und wurde später Bauingenieur.

Therese machte nach der Volksschule eine Lehre im Büro eines kaufmännischen Betriebes und wurde ein „Bürofräulein". Die Eltern waren stolz, dass ihre Kinder nicht in der Fabrik arbeiten mussten. Die Arbeit im Büro wurde als sozialer Aufstieg gewertet.

Luise arbeitete in der Telefonzentrale bei Krupp und sollte dort eine Ausbildung machen.

Katharina, die Jüngste, ging mit Begeisterung in die Schule. Sie war ein aufgewecktes Mädchen und lernte leicht. Der Lehrer machte Karl und Franziska darauf aufmerksam, dass sie auch musikalisch sehr begabt sei. Sie hatte eine wunderbare Stimme und sang den Mitschülern häufig Lieder vor, die sie bei ihrem Vater gelernt hatte. Als Karl für sie ein Klavier anschaffte, war sie begeistert. Für eine solche Anschaffung hatte die Familie in Duisburg wenig Verständnis. „Ein Klavier in einer Arbeiterfamilie?" „Schuster, bleib bei deinen Leisten", kommentierte Treschen den Kauf. „Ihr wollt wohl höher hinaus als Gott es euch in die Wiege gelegt hat!" Sie hielt es immer noch für selbstverständlich, dass man in dem Stand blieb, in den Gott die Menschen hineingestellt hatte. Und ein Klavier gehörte sich nicht für eine Arbeiterfamilie. Das war Luxus und etwas für die „höheren" Leute.

Katharina lernte schnell. Karl hatte eine Klavierlehrerin gefunden, die Katharina für wenig Geld unterrichtete. In jeder freien Minute, in der sie nicht in der Schule war oder im Haushalt helfen musste, saß sie am Klavier und übte ihre Finger. Manchmal probierte sie auch, Melodien der Lieder, die sie kannte, nachzuspielen, oder sie dachte sich selbst Melodien aus. Heinrich saß oft bei ihr, und beide versuchten, dem Klavier und der Gitarre gemeinsam die Melodien der Lieder zu entlocken, die sie auf ihren Spaziergängen mit dem Vater sangen.

Katharina liebte das Klavier. Bald kannte sie die wichtigsten theoretischen Grundlagen, sie konnte die Noten auf die Tasten übertragen und hörte genau, wenn ein Ton falsch war. Abends nach dem Abendessen spielte sie der Familie manchmal ihre neu gelernten Stücke vor und wenn alle zu Hause waren, sangen sie gemeinsam. Und ganz wie von selbst, sang Katharina dann die zweite Stimme und freute sich an dem schönen Klang. Geschickt fanden ihre Kinderfinger die richtigen Tasten, wenn sie den Gesang begleitete. Mutter Franziska bewunderte ihr kleines Mädchen. Sie genoss es, ihr beim Spielen zuzuhören und versuchte, ihr von den Pflichten im Haushalt so viel wie möglich zu ersparen, um Zeit für die Musik zu gewinnen. Die Kinder waren ihr viel zu schnell groß geworden. Der Krieg war längst vorbei und die knappen, schwierigen Nachkriegsjahre hatten sie mit Hilfe von Karls Verwandten im Westerwald gut überstanden. Karl hatte auch nach dem Krieg immer noch die gute Stelle bei Krupp. Es ging ihnen gut. Ihre drei Großen fühlten sich schon sehr erwachsen und waren immer weniger bei ihr zu Hause. Nur noch Katharina besuchte die Schule. Aber auch ihre Kleine würde die Schule bald verlassen und wie ihre Geschwister tagsüber irgendeine Ausbildung machen.

4.

Vater hatte Nachtschicht. In der letzten Zeit kam das häufiger vor. Katharina dachte sich, dass es vielleicht etwas mit dem Krieg zu tun haben könnte. Vater sagte: „Lieber Nachtschicht als nach Verdun wie Gustav." Gustav war Franziskas Bruder. Er war einmal während des Krieges auf Heimaturlaub gewesen und hatte sie besucht und sich bei ihnen richtig satt essen dürfen. Katharina war etwas neidisch, denn oft hatten sie im schlimmen Kriegsjahr 1917 selbst nicht genug zu essen gehabt. Dabei hatte Mutter früher immer gesagt: „Du musst mehr essen, so dünn wie du bist!" Gustav musste Schreckliches vom Krieg erzählt haben. Die Kinder waren aufgefordert worden, das Zimmer zu verlassen, und die Erwachsenen sahen hinterher sehr traurig aus.

Wenn Vater Nachtschicht hatte, bedeutete das für Katharina, dass sie nachts in Mutters Bett krabbeln durfte. Sie war die Kleinste und Jüngste, und sie war das einzige der Kinder, dem dieses noch gelegentlich erlaubt wurde, besonders wenn Vater nicht zu Hause war.

Mutter hob die Decke ein wenig, Katharina schlüpfte in die Wärme und kuschelte sich an den warmen Körper der Mutter. Sie merkte bald, dass Mutters Hände sich leicht bewegten und dass sie leise, ganz leise vor sich hin murmelte. Katharina kannte das. Das gehörte dazu. Mutter betete heimlich den Rosenkranz. Einen Rosenkranz zu beten, dauerte sehr lange, fast eine ganze Stunde. Und Katharina musste so lange still liegen bleiben, eine Geduldsprobe für das Kind. Wenn sie mit dem ‚Vater unser' geendet hatte, ermahnte die Mutter sie jedes Mal, obwohl Katharina das schon wusste, „Du darfst Vater aber nichts davon sagen. Das ist unser Geheimnis!" Manchmal weinte Mutter auch, während sie eine Perle nach der anderen durch ihre Finger gleiten ließ. Sie sagte: „Ach, Kind, so viele Rosenkränze kann ich gar nicht beten, dass mir noch geholfen werden kann."

Katharina schämte sich ein wenig, weil sie neidisch auf Gustav gewesen war, weil er als Soldat sicher mehr Hunger gehabt hatte als sie. Im Westerwald bei den Verwandten hatte Katharina sich doch auch während des Krieges, als es vielen anderen schlecht ging, satt essen können. Und dann war sie so kleinlich gewesen und hatte nur an sich gedacht. Vielleicht konnte ihr jetzt auch nicht mehr geholfen werden? Und was meinte Mutter damit: „Mir kann nicht mehr geholfen werden." Mutter war doch immer lieb zu allen, und auch das Essen verteilte sie gerecht. Nur bei sich legte sie immer etwas weniger auf den Teller.

Katharina wusste wohl, dass Mutter sich Hilfe von ihrem katholischen Gott erhoffte. Aber Vater sagte, dass sie das nicht mit ihrem Rosenkranz erreichen könnte. Warum betete sie ihn dann, so oft sie konnte in der Nacht? Was hatte sie denn so Schlimmes getan? Sie war katholisch, statt evangelisch zu sein. Aber war das denn so schlimm? Wir Evangelischen haben doch auch unseren christlichen Gott. Aber wie konnte ihr dann geholfen werden? Der Pastor im Religionsunterricht sagte, dass Gott den Menschen verzeiht, wenn sie ihre Taten aufrichtig bereuen. Das Bereuen ist ja gar nicht so schwer. Aber man musste sich dann auch ernsthaft vornehmen, diese Tat nicht mehr zu wiederholen. Und Mutter?

An manchen Abenden sangen sie auch ganz leise. Die großen Geschwister sollten sie nicht hören. Franziska hatte eine schöne Stimme. Auf diese Weise hatte Katharina auch ihr Lieblingslied gelernt ‚Meerstern, ich dich grüße, oh Maria hilf!' Dieses Lied hatte sie im evangelischen Gesangbuch nicht gefunden. Im Konfirmandenunterricht mussten sie später viele Lieder auswendig lernen. Aber diese Lieder kannte Mutter nicht. Eigentlich schade.

Wie lange ihre Mutter noch den Rosenkranz betete, wusste Katharina oft nicht so genau, denn meistens schlief sie in der wohligen Wärme bald ein. Nur ein bisschen Traurigkeit nahm sie mit in den Schlaf, wenn Mutter wieder einmal geweint hatte.

5.

Katharina hatte das neue Sonntagskleidchen anziehen dürfen. Das aus weißem Voile. Am Rocksaum waren kleine bunte Blumenkränzchen eingestickt. Mutter Franziska nähte alles selbst für ihre Kinder und auch für sich. Das konnte sie gut und sie hatte viel Geschmack, wie Tante Treschen immer sagte. Da hatte sich die Anschaffung einer Nähmaschine gelohnt, dieser für sie neuen Erfindung. Noch vor nicht langer Zeit hatten sie alles mit der Hand, Stich für Stich, nähen müssen. Die Stiche, die mit der Maschine genäht wurden, waren viel gleichmäßiger und haltbarer. Allerdings gehörte etwas Übung dazu, mit dem Ober- und Unterfaden zurechtzukommen und dabei den Keilriemen in Bewegung zu halten, indem man mit den Füßen ständig den Antrieb dazu trat. Aber Franziska war geschickt und traute sich auch Neues zu, wie die ältere Schwester Treschen anerkennend auch zugeben musste.

Zu Katharinas dunklem Kraushaar sah das weiße, duftige Kleidchen besonders gut aus, fand Katharina, die sich jetzt schon öfter mal vor dem Spiegel drehte und sich kritisch betrachtete. Heute beurteilte sie das Spiegelbild sehr positiv. Auch Mutter Franziska war zufrieden mit dem Aussehen ihres jüngsten Töchterchens.

Der Weg von Essen nach Duisburg war weit. Ein Stück waren sie mit der Straßenbahn gefahren. Es war Sonntag, und in der Bahn waren einige große Mädchen und Jungen. Sie lachten und erzählten sich vom letzten Mal, als sie zum Schwimmen an den Rhein gefahren waren. Einer der Jungen hatte einen Rucksack auf dem Rücken, aus dem oben eine Flasche herausguckte.

Die Straßen waren leer. Alles fühlte sich an wie Sonntag, das neue Kleid, Katharina allein mit der Mutter, das sonnige, warme Wetter, wie schön! wie schön! Vor einer Kirche standen viele Leute, alle Menschen waren so sauber und viel freundlicher als sonst. Auch die Straßen schienen frisch gefegt. Sogar der Schaffner, war heute besser aufgelegt. „Na, kleines Fräulein, heute besonders schick gemacht?", hatte er zu Franziska gesagt, als er das Fahrgeld kassierte. Und der Straßenbahnfahrer, der vorne mit einem großen Hebel die Bahn sicher über die Schienen führte, hatte sie angelächelt, als sie eingestiegen waren. Ein dicker Mann stand hinten auf dem Plafond und rauchte genüsslich eine dicke Zigarre, musste sich aber tüchtig festhalten, wenn die Bahn durch eine Kurve fuhr.

Katharinas drei ältere Geschwister, Therese, Luise und Heini, machten mit dem Vater einen Ausflug. Sie kannte deren Weg. Fast jeden Sonntag im Sommer, manchmal auch im Winter, ging der Vater mit ihnen aus der Stadt hinaus: den langen Werdener Berg hinunter an die Ruhr, in die Ruhrwiesen und in den Wald, der sich an der Ruhr entlang zog. Auf halbem Berg gab es auch mal eine Limonade bei der ‚Schwarzen Lene', einer Gastwirtschaft mitten im Wald. Warum sie so hieß, wusste der Vater nicht, aber er dachte sich einfach etwas aus: von Räubern, einer Räuberbraut, einer schönen. Prinzessin, die auf der Isenburg gewohnt hatte. Die Burgmauern waren noch vorhanden und eigneten sich gut zum Spielen und Klettern. Vater Karl zeigte ihnen die Vögel, die Tiere auf dem Wasser und nannte die Namen der Bäume. Katharina liebte ihren Vater.

Tante Treschen stand mit Cousine Maria schon vor dem Haus, als Franziska mit ihrer Tochter Katharina in Duisburg ankam. Sie wohnten in einer kleinen Wohnung im dritten Stock eines großen Miethauses. Katharina fand, dass es im Treppenhaus oft schlecht roch. „Das kommt sicher vom Kochen", hatte Franziska erklärt. Aber Katharina glaubte das nicht, weil es auch so roch, wenn nicht gekocht wurde. Cousine Maria, zwei Jahre älter als Katharina und im Knochenbau grob geraten, sah sie von der Seite an. Ob sie wohl wieder eine ihrer spitzen Bemerkungen machte? „Du siehst wieder aus wie ein feines Mädchen von den Reichen, mit so einem Kleid!" Sie konnte sich nicht zurückhalten. Sie war häufig neidisch. Aber das kannte Katharina und nahm es nicht weiter ernst. Ihre Mutter sagte immer, Maria sei ein bisschen dumm.

Eilig machten sie sich auf den Weg. Die Sonntagsmesse würde gleich beginnen. Die Glocken läuteten schon. Treschen und Franziska zogen ihre Töchter hinter sich her. „So viele Sonntage bist du jetzt wieder nicht in der Messe gewesen. Du weißt, dass das eine Todsünde ist. Ich bete immer für dich." Auch diese Vorwürfe waren immer die gleichen, und es gehörte zu einem Besuch in Duisburg dazu.

In der Kirche saßen die Mädchen zwischen ihren Müttern. Onkel Johann saß mit dem um zwei Jahre jüngeren Hans etwas abseits. Katharina kannte alle Gebete, sie wusste, wann man sich auf die Knie niederlassen musste, sie sang alle Lieder mit - besonders schön fand sie das Lied mit den vielen Schleifen ‚Oh, Maria hilf!' Sie legte die Hände beim Beten flach aufeinander. Der Vater faltete seine Finger ineinander, wenn er abends mit ihnen betete, was allerdings selten vorkam. Sie mochte den Geruch in der Kirche, der besonders dann stark wurde, wenn der Priester mit dem Räucherfass um den Altar herumging. Einer von den Messdienern, die dabei hinter dem Priester hergingen und die so schöne Spitzenumhänge trugen, war einmal ohnmächtig geworden und hatte dort gelegen, bis ihn eine Nonne an die Seite gezogen hatte. Meistens redete der Priester so, dass man ihn nicht verstand. „Er spricht lateinisch", sagte Mutter. Dann sah sich Katharina die Bilder an den Wänden an. Hinter dem Altar die wunderschöne Maria mit dem blauen Mantel zum Beispiel. An einer Wand war ein ganz schreckliches Bild, ein Kopf lag auf einem Teller und eine Frau hielt den Teller hoch.

Ihre Mutter und Tante Treschen weinten manchmal, besonders dann, wenn Tante Treschen zur Kommunion ging und Franziska in der Bank sitzen blieb. Mutter schluchzte manchmal so laut, dass es Katharina peinlich war. Mutter weinte auch, wenn Tante Treschen von der Beichte sprach. „Ich kann hier nicht zur Beichte gehen", erklärte Mutter. „In Essen geht es nicht und hier in Duisburg auch nicht. Ich war so lange nicht zur Beichte und habe deshalb die Kommunion nicht empfangen, sodass es eine Todsünde geworden ist."

Es ging auch immer wieder darum, dass Katharina zur ersten Heiligen Kommunion angemeldet werden sollte. Sie war inzwischen im entsprechenden Alter, in dem die Jungen und Mädchen zum ersten Mal in einer feierlichen Messe im Beisein der Eltern und Verwandten die Erste Heilige Kommunion empfingen. Tante Treschen bedrängte Franziska, besonders deshalb, weil damals ausgemacht worden war, „die Mädchen katholisch, die Jungen evangelisch". Darauf wenigstens hatte sich Karl nach der Hochzeit eingelassen. Aber weder Therese noch Luise waren katholisch getauft, und auch später waren sie nicht zur Kommunion gegangen. Karl hatte sich im Laufe der Jahre mit seiner Meinung durchgesetzt und seine Kinder in seinem Sinne erzogen. Auch Katharina war nicht katholisch getauft, aber Tante Treschen vertrat die Ansicht, dass die Jüngste der vier Kinder vielleicht ein wenig von der großen Sünde, die auf Franziska lastete, wegnehmen könnte, wenn wenigstens sie im rechten Glauben zur Kommunion gehen könnte. Man würde mit dem Priester sprechen, ob die evangelische Taufe bei ihnen gelten würde oder ob sie noch einmal katholisch getauft werden müsste.

Mutter war immer sehr bedrückt, wenn ihre Schwester ihr so zusetzte. Sie wusste und war sich sicher, dass Karl auch bei dem jüngsten Kind seine Meinung nicht ändern würde. Aber als sie sich am Nachmittag auf den Heimweg nach Essen machten, war Mutter wieder froh. Sie lachte, als Katharina sie aufforderte, den nächsten Ausflug an die Ruhr mit allen zusammen mitzumachen, und auf dem letzten Stück des Weges sangen sie sogar ihr gemeinsames Lieblingslied vom wilden Wassermann. Als sie ankamen, waren die anderen schon wieder zu Hause. Sie verstand kaum noch, warum Mutter manchmal heimlich weinte. Karl küsste seine Frau zärtlich. Den Kindern war das selbstverständlich, und Katharina war froh, dass sie nicht gefragt wurde, was sie in Duisburg gemacht hatten. Von der Messe sollte sie nämlich nichts erzählen, hatte ihre Mutter ihr gesagt.

6.

Katharina war dreizehn Jahre, als Franziska starb. Wenn sie später als erwachsene Frau ihren Kindern von dem Sterben und dem Tod erzählte, merkte sie jedes Mal, dass sie über die dramatischen Ereignisse nicht hinweggekommen war.
Das Sterben hatte mit einem kleinen Unfall begonnen. Seitdem Franziska ihre Nähmaschine besaß, nähte sie mit viel Freude und großem Eifer. Wenn sie mit dem Fuß das Schwungrad in Bewegung setzte, machte die Maschine eine wunderbare gerade Naht mit völlig gleichmäßigen Stichen. Das ergab stabilere Kleidungsstücke, als wenn sie sie mit der Hand genäht hätte. Franziska entwickelte schnell großes Geschick, und die anfänglichen Schwierigkeiten waren vergessen. Auch die drei Mädchen freuten sich über die Anschaffung, konnte ihre Mutter doch jetzt die Kleider, die sie brauchten, billiger herstellen. Vielleicht konnte man dann auch mal das eine oder andere zusätzlich bekommen. Und Geschmack hatte Franziska. Die Schnittmuster, die sie sich kaufte, wurden der jeweiligen Größe der Mädchen angepasst oder modische Kleinigkeiten nach deren Wünschen verändert. Für Katharina nähte sie besonders gern. ‚Sonntagskleider' wurden manchmal zusätzlich mit Stickereien verziert. Und Katharina dankte es ihr jedes Mal, wenn sie stolz damit herumspazierte. Auf diese Weise waren die Mädchen immer nach der neuesten Mode gekleidet.
Eines Tages aber geschah das Unglück. Franziska ließ beim Nähen die Schere fallen, die Spitze bohrte sich durch den Strumpf in ihren Fuß. Die Wunde blutete kaum, sie zog den Strumpf aus, klebte ein Pflaster auf die Wunde und vergaß das Missgeschick. Aber nach einigen Tagen zeigte

sich eine Entzündung, die sehr schnell so schlimm wurde, dass der Arzt aufgesucht werden musste, weil der Fuß und auch das untere Bein stark anschwollen und sich verfärbten. Jeder Schritt schmerzte. Katharina musste ihre Mutter stützen, als sie sie zum Arzt begleitete. Der Arzt machte ein sorgenvolles Gesicht. Er riet zu kalten Umschlägen. Wider Erwarten klang die Entzündung nach einigen Tagen ab. Vielleicht lag es an den Umschlägen, die Tante Treschen unermüdlich gemacht hatte. Sie bestand auch darauf, dass Franziska im Bett blieb und dabei das Bein hochlegte und nicht in der Wohnung herumlief, wenn sie mal nicht da war. Alle hofften, dass Franziska bald wieder das Bett verlassen könnte, denn alle waren voller Sorge gewesen. Sie hofften, dass sie bald ihre gewohnte Ordnung zurückhaben würden. Schon war für Franziska der Schmerz zu ertragen, wenn sie den Fuß kurz aus dem Bett nach unten hängen ließ.

Da stieg plötzlich wieder das Fieber, sie bekam heftige Schmerzen in der Brust, der Arzt stellte eine Lungenentzündung fest, konnte ihr aber nicht helfen. Das Fieber stieg und ihr Zustand verschlechterte sich. Als das Fieber schon den achten Tag anhielt, ihr Körper schwächer wurde und sie mehrmals leise gesagt hatte „Ich schaffe es nicht", wurde der Arzt noch einmal geholt. Er untersuchte den Fuß und ging dann mit Karl und Tante Treschen ins Wohnzimmer. Die Kinder wurden gebeten, in der Küche zu bleiben. Als sie Tante Treschen aufschreien hörten, senkte sich lähmendes Entsetzen über die Kinder.

Tante Treschen kam mit nassem Gesicht aus dem Wohnzimmer. „Geh, hol sofort den Priester!", sagte sie zu Therese. Als Therese ihr sagen musste, dass sie nicht wisse, wo der Priester wohne, blickte sie kurz auf und wies Therese bitter an: „Frag deinen Vater!"

Nach ihrer Rückkehr berichtete Therese noch außer Atem vom schnellen Laufen, der Priester habe sich geweigert zu kommen. Er kenne in seiner Gemeinde keine Franziska und könne als einfacher Priester in einem solchen Fall nicht einfach die Sterbesakramente austeilen, auch wenn die Frau zu sterben drohe.

Tante Treschen schrie laut auf, hob die Hände und flehte Gott an: „Das darfst du nicht zulassen. Mein Gott, hilf ihr!" Dabei lief sie verzweifelt im Flur hin und her. „Sei gnädig, und vergib ihr! Sie war schwach und hat keine Schuld." Die Kinder standen betroffen in der Küche, hörten die lauten Gebete und verstanden nicht so recht, was ihre Tante sagen wollte. „Ändere den Sinn des Priesters, und lass sie nicht ohne das Sterbesakrament gehen!"

Karl bat sie, doch leise zu sein und auf Franziska Rücksicht zu nehmen und versuchte, sie ins Wohnzimmer abzudrängen.

Spät am Abend nahm Karl Katharina mit in das Zimmer der Mutter. Die Mutter hatte ein rotes Gesicht und atmete mit kurzen, schnellen Atemstößen. Sie ergriff Katharinas Hand und flüsterte:" Mein Kleines, bete für mich. Du weißt wie es geht." Vater nahm den Rosenkranz vom Nachttisch und legte ihn Franziska auf die Hände. Katharina betete laut „Gegrüßt seiest du, Maria, voll der Gnaden, du bist die Gebenedeite unter den Weibern, und benedeit ist die Frucht deines Leibes, Jesu. Bitte für uns! Jetzt und in der Stunde unseres Todes. Amen". Franziska bewegte flüsternd ihre Lippen. Katharina wiederholte das Gebet, solange Franziska die Perlen des Rosenkranzes durch ihre Finger gleiten ließ. „Maria, voll der Gnaden". Vater weinte und brachte Katharina später aus dem Zimmer.

Als Katharina am nächsten Morgen in das Krankenzimmer kam, saß Vater immer noch an Mutters Bett. Er hielt ihre

Hand. Sie schlief, und ihr Gesicht war nicht mehr so rot. Auf der anderen Seite des Bettes saß Tante Treschen und betete auch den Rosenkranz. Aber am Nachmittag stieg das Fieber wieder. Treschen schlug sich ihr Umschlagtuch um die Schultern und verließ die Wohnung. „Der Priester kommt gleich und gibt ihr die letzte Ölung", sagte sie, als sie zurückkam. Sie schien etwas gefasster. Als aber Franziska das Bewusstsein verlor, schrie sie laut und lief in höchster Verzweiflung mit erhobenen Händen durch die Wohnung: „Sie wird ewig verdammt sein. Sie ist für alle Ewigkeit in der Hölle. Gott, hilf uns, schick den Priester. Ich weiß, dass sie ihre Sünden bereut."

An alles konnte sich Katharina später nicht mehr erinnern. Nur das Gefühl des Grauens, an das erinnerte sie sich gut und an das verzweifelte, unbeherrschte Verhalten von Tante Treschen.

Als der Priester kam, war Franziska bereits tot. Die Familie stand in stummem Entsetzen an ihrem Bett, der Priester sprach ein „Vater unser" und ging ohne ein weiteres Wort. Am nächsten Morgen war das Klavier abgeschlossen. Vater sagte: „Wir werden nie wieder singen!" Drei Wochen nach der Beerdigung trugen drei Möbelträger das Klavier die Treppe hinunter. Katharina saß auf der obersten Treppenstufe und weinte verzweifelt.

7.

Auf der Familie lastete entsetzte Trauer. Karl sprach nur
das Nötigste mit den Kindern. Die größeren Geschwister
gingen meist wortlos aus dem Haus zur Arbeit. Morgens
war Katharina in der Schule und nachmittags, wenn sie alleine zu Hause war, versorgte sie, so gut es ging, den Haushalt. Oft setzte sie sich ins Wohnzimmer, in dem das Klavier
gestanden hatte und dachte voll schwerer Trauer über die
Leere und Stille in der früher so freundlichen und heiteren
Wohnung nach. Manchmal bildete sie sich ein, den fröhlichen Gesang ihrer Mutter zu hören oder das Klappern der
Töpfe in der Küche. Es war still geworden in ihrer Familie.
Sie ging gerne zur Schule. Ein wenig bedauerte sie, dass die
Schulzeit bald zu Ende gehen würde. Sie hörte und lernte dort so viel Neues. Besonders gefielen ihr immer die
Balladen, die sie alle auswendig kannte. Wenn der Lehrer
seine Gitarre stimmte und seine Stimmgabel nahm, freute
sie sich, dass sie gemeinsam singen würden. So hatte er sie
viele deutsche Volkslieder gelehrt. Manchmal spielte der
Lehrer einfach nur so auf seiner Gitarre, ohne dass sie dazu
sangen. Das hörte sich sehr schön an, und Katharina war
dann besonders traurig, dass sie zu Hause nicht mehr Klavier spielen konnte. Auch die große Karte, die an der Wand
hing und auf der man die ganze Erde sehen konnte, war für
sie sehr interessant. ,Irgendwie und irgendwann werde ich
einmal diese Welt kennen lernen, wenn ich erst erwachsen
bin', träumte sie oft vor sich hin, wenn der Lehrer von fer-
nen Ländern erzählte.
Nachts weinte sie häufig und sehnte sich nach der Wärme
der Mutter. Manchmal erzählten sich Luise und Kathari-

na von dem Leben, das sie vor dem Tod der Mutter gehabt hatten. Dabei versuchten sie, auch ihren Vater einzubeziehen. Aber er sagte kaum etwas und wendete sich schnell ab. Die sonntäglichen Spaziergänge unterblieben. Tante Treschen kam, um nach dem Haushalt zu sehen und übernahm die Tätigkeiten, die Katharina noch nicht machen konnte. Auch sie sprach wenig, mit Karl nur das Allernötigste. Manchmal lud sie die Kinder ein, sie am Sonntag in Duisburg zu besuchen. Besonders Katharina nahm diese Einladung gern an. Sie konnte für kurze Zeit die Pflichten vergessen, die der Vater ihr zu Hause übertragen hatte. Von den größeren Geschwistern gab es wenig Unterstützung im Haushalt. Sie blieben abends immer seltener zu Hause.

Katharinas Schulzeit endete viel zu früh, wie sie meinte. Sie hatte acht Schuljahre der Volksschule erfolgreich hinter sich gebracht, wie auf dem Abschlusszeugnis zu lesen war. Der Vater sah es sich an und lobte sie knapp. Seine frühere Herzlichkeit, sein Lachen, das die Kinder so sehr geliebt hatten, war verschwunden, als sei er zu einem Stein geworden.

Und dann sagte er noch: „Du weißt, dass eine Lehre für dich nicht infrage kommt. Einer muss hier im Haushalt bleiben. Vielleicht können wir später noch einmal darüber sprechen." Katharina sah ihn enttäuscht an. Sie hätte so gern etwas mit Musik gemacht, obwohl sie nicht richtig wusste, was das denn sein könnte. Sie hatte es sich so sehr gewünscht, dass sie die Realität einfach an die Seite schob. Aber alles andere wäre noch besser gewesen, als zu Hause bleiben zu müssen. Der Vater hatte sich abgewendet, wohl, weil er das enttäuschte Gesicht seiner Tochter nicht sehen wollte. „Therese, Heini und Luise sind älter als du und haben eine gute Arbeitsstelle, die sie nicht aufgeben können. Das musst du doch einsehen. Also können sie nicht zu Hause bleiben", fügte er noch hinzu. Dann stand er wortlos auf und verließ das Zimmer. Katharina wusste, dass es nichts nützte, ihn weiterhin inständig zu bitten. Er hatte sich von ihnen entfernt in der letzten Zeit. Er würde nicht mehr mit sich reden lassen. Auch wenn Katharina sich bemühte, ihm alles recht zu machen, ihn in ein Gespräch zu ziehen oder ihm eine einfache Frage zu stellen, würde er nur knapp antworten, sich umdrehen und wortlos die Tür hinter sich schließen. Sie kannte ihren Vater kaum wieder.

Nach einer Zeit der Trauer und der Wut über die Entscheidung ihres Vaters fand sie sich damit ab und tröstete sich damit, dass sie vielleicht später, wenn sie älter war, etwas finden würde, das ihr gefiel. Viele ihrer Mitschülerinnen gingen als Dienstmädchen in den Haushalt reicher Leute. Dazu hatte sie ohnehin keine Lust. „Vielleicht gibt es später sogar etwas, was mit Musik zu tun hat."

Mit der Zeit lernte sie, im Krupp'schen Konsum günstig einzukaufen und mit dem Geld auszukommen, das der Vater und die Geschwister ihr an den Lohntagen in die Schublade im Küchenschrank legten. Zum Waschen der Wäsche konnte sie die Waschküche benutzen, die für alle Bewohner des Hauses im Keller eingerichtet war. Sie kannte das alles schon aus der Zeit, als sie der Mutter manchmal geholfen hatte, den riesigen Kessel über einem Kohleofen, in dem die Wäsche gekocht werden konnte, ein großes Wasserbecken und einige Wannen. Es waren anstrengende Tage. Die Wäsche musste eingeweicht, gekocht, mit Seife ordentlich auf dem Waschbrett gerieben und gut ausgespült werden. Das Aufhängen auf dem Dachboden und später das Bügeln war eine angenehmere Arbeit, aber es nahm auch wieder viel Zeit in Anspruch. Es war Heinis Aufgabe, die großen Teile der Bettwäsche zur Heißmangel zu bringen. Vorher aber brauchte sie Hilfe zum Recken der Betttücher und Bettbezüge. Manchmal half ihr Luise dabei, wenn sie abends nach Hause kam. Therese bügelte am Sonntagmorgen selbst ihre Wäsche.

Das Kochen des Mittagessens war das Schwerste. Es hatte immer so leicht ausgesehen, wenn Mutter die Kartoffeln, die Möhren oder die Kohlrabi schälte. Die Geschwister und der Vater mäkelten kaum, wenn das Essen auf den Tisch kam, aber an ihren Gesichtern konnte sie sehen, wenn es ihnen nicht schmeckte.

„Du kannst mir das Essen an das Fabriktor bringen, so wie es Mutter gemacht hat", sagte der Vater eines Tages. Katharina freute sich darüber. Vielleicht würde Vater doch wieder so werden, wie er früher gewesen war. Sie wünschte sich so sehr, dass er mit ihr reden würde, vielleicht sogar sonntags zur Ruhr wandern und ihr Geschichten erzählen und Lieder singen? Sie gab sich besondere Mühe beim Kochen, füllte die Suppe in den Henkelmann, zog sich ihr schönstes Kleid an und machte sich mittags auf den Weg, als die Werkssirene allen mitteilte, dass in der Fabrik Mittagspause war. Mit den andern Frauen stand sie am Fabriktor und wartete auf ihren Vater. Den Löffel für die Suppe hatte sie in die Tasche gelegt, in der auch der Henkelmann stand. Besonders stolz war sie auf ihr hübsches Kleidchen, das ihr ihre Mutter genäht hatte. Es war das weiße aus dünnem Stoff, in das am Saum kleine Blumenkränzchen eingestickt waren. Die Frauen sahen auch schon zu ihr herüber. Was mochten sie wohl denken? Als die Arbeiter kamen, streckte sie ihrem Vater den Henkelmann durch die Stäbe des Tores entgegen, so wie die andern Frauen es machten. „Guten Tag, Vater, lass es dir gut schmecken!", sagte sie und lächelte ihn stolz an. Vater griff nach dem Gefäß, machte aber kein freundliches Gesicht, so wie sie es erwartet hatte. „Mach das nie wieder!", flüsterte er ihr zu, „wie kannst du mit so einem feinen Kleid ans Fabriktor kommen. Was sollen denn meine Kollegen von dir halten, wenn du alltags dein Sonntagskleid trägst!" „Ich dachte, du freust dich, wenn ich mich gut anziehe", antwortete Katharina enttäuscht. „Sollen sie dich denn für etwas Besseres halten? Oder sollen sie denken, dass du so eine bist, die sich immer nur fein macht und eitel die Blicke auf sich lenken will?", flüsterte Vater böse. Die Suppe aß er nur zur Hälfte und ging dann ohne ein Wort wieder zurück in die Fabrik. Traurig machte sich Katharina auf den Heimweg. Sie hatte es so gut gemeint.

Katharina war fünfzehn Jahre alt, als sie im Konsum immer mehr für die Lebensmittel bezahlen musste. Bald änderten sich täglich die Preise, die Löhne wurden entsprechend angepasst. Nach einiger Zeit zahlte man eine Million Mark für ein Brot, und wenn man nicht schnell genug war, konnte man das ganze Geld in den Papierkorb werfen, weil täglich, ja beinahe stündlich, die Preise in die Höhe gingen und das Geld, das Vater, Luise und Therese nach Hause brachten, nichts mehr wert war. Wenn sie abends nach Hause kamen, stand Katharina bereit, nahm das Geld, das sie nun täglich erhielten und das inzwischen so viel war, das man es fast nur in einem Korb transportieren konnte, und ging so schnell wie möglich zum Konsum, um noch irgendetwas dafür kaufen zu können. Sie musste nehmen, was noch vorhanden war, auch wenn sie es eigentlich gar nicht brauchen konnten. Die Not war groß, die Menschen verzweifelt, die Lebensmittel wurden knapp. Auch die Geschäfte konnten nichts Rechtes mehr einkaufen. Karls Ersparnisse bei der Krupp'schen Sparkasse waren inzwischen wertlos geworden.

Und so ging es vielen seiner Kollegen. Einige hatten sich etwas zurückgelegt für die Ausbildung ihrer Kinder, andere für die Anschaffung nötiger Möbel oder vielleicht sogar für eine Reise nach Ost- oder Westpreußen zu den Verwandten. Viele Kollegen waren von dort gekommen, um in Essen Arbeit zu finden.

Als die Deutsche Rentenmark eingeführt wurde, waren alle erleichtert, die Löhne und die Preise wurden wieder stabil, und im Krupp'schen Konsum konnte Katharina wieder normal einkaufen. Aber die Menschen waren verbittert und wagten kaum, von ihrem Geld etwas zur Sparkasse zu bringen, sollten sie einmal ein wenig übrig behalten haben. Mit der Zeit wurde das Leben für Katharina leichter. Die Arbeiten gingen ihr gut von der Hand. Der Vater war etwas zugänglicher geworden, aber nie wieder wurde er so wie früher vor Franziskas Tod. Therese heiratete und zog mit ihrem Christian nach Köln. Luise hatte einen Freund, Heini studierte an der Baugewerkschule Architektur und hatte eine Freundin.

Luises Freund Konrad war Mitglied in einem Kanuclub. Sonntagabends erzählte sie ihrer Schwester begeistert von ihren Kanutouren und dem Paddeln auf der Ruhr. Luise selbst war eher unsportlich, aber aus Liebe zu ihrem Konrad paddelte sie bei gutem und bei schlechtem Wetter tapfer mit. Auch Katharina durfte sich an manchen Sonntagen ins Boot setzen. Sie freute sich an der Sonne, am Wasser, an der Bewegung und an der lustigen Gesellschaft der Kanuten, die sie dort traf. Vom Wasser aus konnte man die prachtvolle Villa Hügel bewundern, den Wohnsitz der Familie Krupp. Wieder den Weg zur Ruhr zu gehen, den sie ja alle von ihren Wanderungen mit ihrem Vater gut kannten, war eine Freude.

Manchmal nahm Heini sie mit in den ‚Wandervogel'. Heini hatte sich dieser Gruppe angeschlossen. Ihm gefiel deren Leben in der Natur, ihre Lagerfeuer, an denen viel gesungen wurde, ihre ausgedehnten Wanderungen, bei denen sie die weitere Umgebung kennen lernten. Er war begeistert von den Jugendherbergen, in denen sie für wenig Geld gut aufgenommen wurden, wenn sich ihre Wanderungen über mehrere Tage erstreckten. Seine Gitarre nahm er zu allen Unternehmungen mit und begleitete damit die Lieder, die sie gemeinsam sangen. Katharina lernte viele Lieder kennen, auch solche, die sie noch nicht mit ihrem Vater gesungen hatten. Manchmal versuchte sie, sie auf der Gitarre zu begleiten, aber Heini gab das Instrument nicht so gerne aus der Hand. Über Nacht durfte sie allerdings nicht mit den Wandervögeln weg bleiben, das erlaubte ihr Vater nicht.

Das Bild und die Erinnerung an die Mutter war in der Familie immer noch sehr gegenwärtig, aber die Trauer war nicht mehr so verzweifelt und reißend schmerzlich. Sie konnten sich an sie erinnern und trotzdem dabei ihre Freude am Leben behalten. Es wurde immer seltener, dass Katharina sich nachts in den Schlaf weinte.

8.

Bald redete keiner mehr davon, dass auch Katharina eine Arbeitsstelle suchen oder sogar einen Beruf erlernen würde. Es war allen eine Selbstverständlichkeit geworden, dass die Wohnung sauber, die Wäsche gewaschen und das Essen gekocht war, wenn sie nach Hause kamen. Katharina dachte noch manchmal wehmütig an die Zeiten, als noch ein Klavier im Wohnzimmer stand und an ihre Träume, die sie damals gehabt hatte.

Die Familie hatte sich vergrößert. Heini brachte seine Freundin Lilly mit und Luise ihren Freund Konrad. Das war für Katharina manchmal ganz lustig, aber es erzeugte auch Ärger und mehr Arbeit. Sie brauchte mehr Zeit, wenn für zwei zusätzliche Personen gekocht werden musste, die auch noch Unordnung hinterließen. An die Neuen, die vielleicht einmal zur Familie gehören würden, musste sie sich erst gewöhnen.

Konrad behandelte sie oft wie ein kleines Mädchen und machte herablassende Bemerkungen. Alle lachten zwar, wenn er sagte: „Wenn du zum Weibe gehst, vergiss die Peitsche nicht", aber Katharina war betroffen, auch dann noch, als Vater ihr gesagt hatte, dass Nietzsche das wohl ganz anders gemeint hatte. Konrad wusste es wohl nicht besser. Aber so war Konrad. Immer mit einem scharfen Spruch schnell dabei.

Lilly war nachlässig und meinte, alle Probleme weglachen zu können. Weil sie die gleiche Figur hatte wie Katharina, lieh sie sich Kleider von Katharina und brachte sie verschmutzt oder gar nicht zurück. Das gab oft heftigen Streit. Heini versuchte, den Streit zu schlichten, aber das Kleiderproblem konnte er damit nicht lösen.

Als sie älter wurde, genoss Katharina aber eher die Zeit mit den vielen jungen Leuten, die sie durch ihre Geschwister kennenlernte. Besonders an Sonntagen, wenn alle nicht zur Arbeit mussten, unternahmen sie viel. Im Winter fuhr sie mit der Straßenbahn mit ihren Geschwistern zum Schlittenfahren zur „Heimlichen Liebe". Das große Feld war zwar nicht steil genug, um mit dem Schlitten richtig Fahrt aufnehmen zu können, aber die „Heimliche Liebe" war ein beliebter Treffpunkt für junge Leute. Hoch über dem Ruhrtal gab es dort keine schnelle Piste, aber es ging immer lustig zu. Wenn sie Geld hatten, kehrten sie manchmal im Wirtshaus zur ‚Heimlichen Liebe' ein und tranken einen Tee oder einen heißen Saft. Hinter dem Haus fiel das Gelände steil zur Ruhr ab, aber die Hänge waren mit Wald bewachsen und für den Schlitten nicht geeignet. Jeder Essener kannte die „Heimliche Liebe". Es war eines der beliebtesten Lokale für den Sonntagsausflug, umgeben von Wäldern und Wiesen. Auch viele Eltern und Großeltern der jungen Leute, die sich jetzt dort vergnügten, hatten früher im Sommer und im Winter diesen Ort besucht.

An einem Sonntag im Winter lernten sie dort August kennen. August war ein ernsthafter junger Mann, der mit seinen Freunden gekommen war. Als Heini ihn aufforderte, wagte er mit den anderen eine Abfahrt auf dem langen Schlitten, den Heini von der Wandervogelgruppe mitgebracht hatte. Und alle hatten ihren Spaß.

Katharina hatte den jungen Mann gleich bemerkt. Er war sehr höflich und wirkte ruhig und besonnen. Am nächsten Sonntag trafen sie sich alle wieder, Katharina stellte fest, dass auch sie ihm aufgefallen war. Er suchte ihre Nähe, lächelte ihr ins Gesicht und zog sie in Gespräche. Er wusste viel, und sie unterhielt sich gerne mit ihm. Er war groß und stattlich. Katharina hoffte, dass der Schnee noch lange liegen blieb.

Später trafen sie sich auch ohne die anderen. Im Lokal „Heimliche Liebe" leisteten sie sich eine ‚Brause' und erzählten sich aus ihrem bis dahin noch kurzen Leben. Es begann eine wundervolle Zeit. Katharina und August verabredeten sich, so oft es ging. Bald merkten sie, dass es Liebe geworden war, und als der Schnee längst geschmolzen war, steckte August Katharina einen Ring an den Finger. Sie versprachen sich ein gemeinsames Leben und Katharina fiel der Satz ein, mit dem viele Märchen enden „Und sie lebten glücklich bis an ihr Lebensende". Was sie damals nicht wusste war, dass es leider nicht ganz so verlaufen sollte, wie sie es in den Märchen gelesen hatte.

August besuchte als Student die Maschinenbauschule und wollte Ingenieur werden. Nach seiner Volksschulzeit hatte er bei Krupp zuerst eine Lehre in der Krupp'schen Schmiede absolviert und dann eine Elektrolehre mit Erfolg abgeschlossen. Die Firma Krupp hatte ihm ein Stipendium gewährt, mit dem er an der Hochschule zum Ingenieur ausgebildet werden konnte. Bald würden die Prüfungen beginnen. Mit der Zeit erfuhr Katharina mehr aus seiner Vergangenheit und von seiner Familie.

Hedwig, Augusts ältere Schwester, arbeitete hart, Sie hatte eine Schneiderlehre gemacht und nähte für feine Leute wunderschöne Kleider aus wunderschönen Stoffen. Ihre Nähmaschine stand unter dem Fenster ihres Zimmers. Wenn sie ein Kleidungsstück zuschnitt, arbeitete sie am Küchentisch. Zuweilen nörgelten die Familienmitglieder, weil die Spuren ihrer Näherei in der ganzen Wohnung verteilt waren. Sie brachte viel Phantasie in ihre Arbeit ein und konnte sich gut auf den jeweiligen Stil ihrer Kundinnen einstellen. Wenn die Frauen ihre Kleider abholten, sagten sie häufig, Hedwig sei so begabt, sie solle sich ein Atelier einrichten. Aber dazu reichte das Geld nicht. Auch für Katharina nähte sie später, wenn sie Zeit dazu hatte.

Mit Hedwig begegnete Katharina einer neuen Variante des christlichen Glaubens. Hedwig war Mitglied in einer pietistischen Sekte. In einer kleinen Kommode bewahrte sie ihre Bücher auf. Diese waren offensichtlich ihr ganzer Reichtum und sie las häufig darin. Der Sektenleiter, der gelegentlich zu Besuch kam, hatte ihr die Bücher nach und nach geschenkt. Auf den Einbanddeckeln waren Engel mit Flügeln, blonden Haaren, blauen Augen und hellblauen Kleidern abgebildet. Sie lagen auf den Knien, ihr Gesicht zum Himmel erhoben, die Hände flach zusammengelegt, wie Katharina das von den Katholischen kannte. Auf einem Bucheinband war am Himmel ein strahlendes Licht zu sehen. Wenn man genau hinsah, konnte man in dem Licht ein Gesicht erkennen. Das sollte wohl Gott sein. Katharina gefielen die Bilder nicht, so niedlich war die Welt nicht, meinte sie. Und auch dem Sektenleiter begegnete sie mit Distanz. Er benutzte zu oft die Wörter ‚Beten' und ‚Sünde' und ‚Bekennen' und ‚Reue' und ‚in den Himmel kommen', wie sie meinte. Vielleicht erinnerte sie sich aber auch nur an die schmerzlichen Ereignisse beim Tod ihrer Mutter.

Zu bestimmten Tageszeiten betete Hedwig, nicht wie die Katholischen in der Kirche auf der Betbank kniend, sondern sie saß nur ruhig am Fenster. Für jeden Tag gab es eine Losung, die in einem Kalender stand. Meistens bestand die Losung aus einem Zitat aus der Bibel. Zu dieser Losung musste man sich Gedanken machen und sein Handeln für den ganzen Tag darauf einstellen. Wenn man sich nur lange genug in die Betrachtungen versenkte und im christlichen Sinn das Richtige tat, würde Gott sich als Belohnung und Bestätigung in irgendeiner Weise offenbaren, sei es etwa durch einen Sonnenstrahl, der ins Zimmer fiel oder einen Windstoß, der ein Fenster schloss. Wenn sie abends ihre Arbeit beendet hatte, ging sie manchmal in den „Betkreis", wie sie das nannte. Sie lachte wenig und nahm nicht an den Ausflügen teil, die Katharina mit August und ihren und seinen Freunden am Sonntag in die nähere Umgebung machten.

Hedwig versuchte, Katharina mit in die Gemeinde zu nehmen. Mehrere Male, wenn Hedwig sie so sehr bat, ging sie mit und lernte auch die anderen der Gemeinde kennen. Alle bemühten sich um sie, waren sehr freundlich und Katharina fühlte sich bald wohl. Was ihr aber nicht gefiel, waren die Betstunden. Man betete gemeinsam. Aber manchmal wich eine einzelne Person vom gemeinsamen Gebet ab und sprach im Gebet über persönliche Probleme. Die anderen schwiegen dann und hörten zu. Das war Katharina peinlich.

August versuchte, sie von den Besuchen abzuhalten. Er hatte wenig Verständnis für die Frömmigkeit seiner Schwester. Katharina mochte Hedwig in ihrer ernsten, zuverlässigen und fürsorglichen Art. Aber sie war zu verliebt und glücklich, um sich ernsthaft mit Hedwigs Problemen und dieser neuen Variante der christlichen Religion zu beschäftigen. Die schmerzhaften Erinnerungen an den Tod ihrer Mutter und die sich anschließenden Schwierigkeiten in der Familie hatte sie überwunden, obwohl sie sich noch oft in ihren Träumen damit beschäftigen musste. Sie fühlte sich wohl beim Zusammensein mit den Jugendlichen, die sie durch August und ihren Bruder Heini in den letzten Jahren kennen gelernt hatte.

Emmi, Augusts jüngere Schwester, arbeitete als Verkäuferin im Krupp'schen Konsum in der Zigarrenabteilung. Katharina fand sie sehr hübsch, besonders wenn sie sie im Konsum besuchte, und Emmi in ihren eleganten Kleidern, die Hedwig genäht hatte, hinter der Theke stand. Obwohl sie noch sehr jung war, wirkte sie sehr seriös, wenn sie die aufgestapelten Zigarrenkisten ordnete. Zigaretten und Tabak für die Pfeife waren hinter ihr in den Regalen penibel aufgebaut. Viele Männer kauften auch den grünen Schnupftabak, der in Dosen oder Glasflaschen abgepackt war. Emmi schloss sich häufig an, wenn sich Katharina und August mit ihren Freunden trafen. Sie war ein fröhliches Mädchen und bei allen beliebt.

Ida, Augusts Mutter, war eher wortkarg. Aber Katharina merkte bald, dass sie sie in ihr Herz geschlossen hatte. Sie versorgte den Haushalt und half Hedwig bei deren Näharbeiten. Ihre Putzstelle in einer Metzgerei hatte sie aufgegeben. Damals hatte sie von dem verdienten Geld jeden übrig gebliebenen Groschen gespart. Aber das Geld, mit dem sie eigentlich die Möbel für ein Elternschlafzimmer hatte bezahlen wollen, war in der Inflation nach dem Krieg wertlos geworden. Ihre Bitterkeit hatte sie inzwischen überwunden. Aber ihre Gesundheit war nicht die beste. „Sie hat in ihrem Leben zu schwer gearbeitet und zuviel Kummer gehabt", sagte der Arzt.

Franz, Augusts Vater, und Ida waren aus West- und Ostpreußen gekommen. Franz war von den Krupp'schen Werbern für die Arbeit in den Fabriken in Essen angeworben worden und hatte seine junge Frau Ida nachgeholt, als er von der Firma Krupp eine entsprechende Wohnung bekam. Beide stammten aus ärmlichen Verhältnissen. Franz war Landarbeiter auf einem großen Gut gewesen, hatte dort aber keine Perspektive gehabt. Ida hatte in der Küche ihrer „Herrschaft" in Westpreußen als Kaltmamsell gearbeitet. Ihre drei Kinder waren in Essen geboren worden. Ida hatte lange Zeit Probleme mit ihrer Sprache gehabt, die bis in ihr hohes Alter mit polnischen Wörtern durchsetzt war. Manchmal wagte sie deshalb kaum etwas zu sagen, wenn sie zum Einkaufen ging, weil sie sich schämte. Aber energisch und hart gegen sich selbst, bewältigte sie den Alltag, war nicht nur eine penible Näherin geworden, sondern führte ihren Haushalt auf das sorgfältigste, hielt das von Franz verdiente Geld zusammen, ohne geizig zu sein, konnte gut kochen und wunderbare Torten backen. Ihre Kinder sollten es einmal besser haben, als sie und Franz es erlebt hatten.

Franz ging sorgfältig seiner Arbeit nach und gab das verdiente Geld gewissenhaft zu Hause ab. Krupp hatte ihm ebenso wie Katharinas Vater eine Ausbildung ermöglicht und ihn dann als Facharbeiter eingesetzt. Er hatte sich ein Fahrrad zusammengespart und leistete sich damit sonntags häufig eine kleine Fahrradtour in die Umgebung von Essen, Nach seiner Rückkehr saß er auf dem Ledersofa in der Wohnküche, zu seinen Füßen stand eine Schnapsflasche und eine Flasche mit grünem Schnupftabak, von dem er nach seinem Schnäpschen eine Prise auf den Handrücken schüttete und genussvoll durch die Nase hochzog.

Wie Katharina bald merkte, hatte August ein distanziertes Verhältnis zu seinem Vater. Erst viel später konnte er seiner jungen Braut erzählen, was vorgefallen war, und wie es dazu hatte kommen können. Schon als der Lehrer den Eltern riet, August mit zehn Jahren zum Gymnasium zu schicken, gab es in der Familie den ersten Konflikt. „Mein Sohn wird Arbeiter bei Krupp und nicht etwas Besseres als wir". Mutter Ida stand auf der Seite ihres Sohnes. Sie wollte, dass aus ihren Kindern einmal etwas Besseres werden sollte. Als aber später die Firma Krupp August nach den erfolgreich abgeschlossenen Lehren ein Stipendium für ein kostenloses Studium in dem ‚Krupp'schen ‚Technikum' anbot, war August bereits in einem Alter, in dem er sich von der Meinung seines Vaters absetzen konnte. Es begannen laute und heftige Auseinandersetzungen zwischen Vater und Sohn, die sich bis zu groben Gewalttätigkeiten steigerten und August veranlassten, nur noch mit einer Waffe unter seinem Kopfkissen in der elterlichen Wohnung zu schlafen.

Ida, die keine Probleme mit einem möglichen sozialen Aufstieg ihres einzigen Sohnes hatte und eher stolz darauf war, versuchte zwischen Vater und Sohn zu vermitteln. Sie warnte August, wenn Franz sich wieder einmal in seine aggressive Wut verrannt hatte, so dass August sich absetzen konnte, bevor es zu gewalttätigen Eskalationen kam. Die ganze Familie litt unter dem ständigen Konflikt. Ida investierte viel Kraft, so dass der Hausarzt der Familie ihr eines Tages nach einem schweren Herzanfall riet, für einige Wochen nach Westpreußen zu fahren, um sich dort bei ihrer Mutter zu erholen.

Als Katharina in die Familie kam, war der Vater-Sohn-Konflikt anscheinend weitgehend ausgetragen. Aber eine herzliche Vater-Sohn Beziehung hat es nie wieder gegeben. Mit ihrer offenen, heiteren Art gewann Katharina bald die Zuneigung von Franz, der sogar zeigte, dass er sich freute, wenn sie zu Besuch kam. Alle kannten ihn sonst eher als verschlossen.

1931 wurde in Essen in der evangelischen Kirche geheiratet. Beide Familien nahmen an den Feierlichkeiten teil. Tante Treschen fehlte. „Das hätten wir uns ja denken können", meinte Karl ärgerlich. Katharina bedauerte ihre Abwesenheit, hatte sie sie doch in all den Jahren, in denen in der Familie nur noch selten über die unüberbrückbaren Glaubensgrundsätze gesprochen worden war, ein wenig als Ersatz für ihre Mutter angesehen. Sie fuhr immer noch gern nach Duisburg, und man zeigte ihr, dass sie dort jedes Mal willkommen war. Treschen hatte es sich allerdings nicht nehmen lassen, sie mit katholischen Glück- und Segenswünschen zu versehen. und ihr ein Geschenk zu machen, über das Katharina sich sehr freute. Sie gab ihr Franziskas Halskettchen, das sie sich bei deren Tod als einziges Erinnerungsstück erbeten hatte. Hedwig hatte ein wunderschönes Hochzeitskleid genäht, das von allen bewundert wurde, und in dem Franziska sehr hübsch aussah. Nach der kirchlichen Feier gab es bei Ida ein üppiges Hochzeitsessen und zum Nachmittagskaffee wunderschöne und leckere Torten. Ida und Emmi hatten sich große Mühe gegeben. Natürlich gab es auch etliche Schnäpschen, sodass es am späten Abend recht lustig zuging.

Das junge Paar zog in die Wohnung zu Katharinas Vater, in der viel Platz war, seitdem nur noch der Vater und Katharina dort wohnten. Das kam den jungen Eheleuten sehr entgegen, denn Geld war bis dahin noch nicht viel verdient worden. August hatte eine Arbeitsstelle bei Krupp erhalten und musste sich als Gegenleistung für das Stipendium für fünf Jahre verpflichten, bei der Firma zu bleiben, wie vertraglich geregelt worden war, als Krupp die Kosten für die Ausbildung an der Maschinenbauschule übernommen hatte.

9.

Obwohl Katharina in der gleichen Wohnung bei ihrem Vater wohnte wie schon vor ihrer Ehe, erlebte sie die gleiche Umgebung auf andere Weise. Sie kochte, wusch und putzte wie zuvor, aber ihr Mann als der neue Mitbewohner ließ sie ihre häuslichen Pflichten ganz anders erleben. Sie arbeitete jetzt für ihn, auch wenn die Möbel und die ehemalige Umgebung die gleiche waren, Schon mittags sah sie auf die Wanduhr im Wohnzimmer, ob denn August nicht bald nach Hause kommen würde. Und wenn sie hörte, dass sich der Schlüssel im Schloss der Wohnungstür drehte, lief sie freudig in die Arme ihres Ehemannes. Das neue Leben fand sie wunderbar und sie versorgte beide Männer und die manchmal zahlreichen Besucher mit großem Eifer.

Bald konnten sie Geld zurücklegen. Karl bezahlte die Miete, und Möbel waren genug vorhanden, sodass sie sich zunächst keine eigenen kaufen mussten. Allerdings blieb Katharina doch manchmal vor den Schaufenstern der Möbelhäuser stehen und sah sich die schönen Schränke an. Auch einen modernen Tisch hätte sie gerne gehabt, natürlich mit den dazu passenden Stühlen. Gelb sollten die Küchenmöbel sein. Die hatten ihr besonders gut gefallen. Aber sie vertröstete sich auf später, wenn sie genug Geld zusammengespart haben würden.

Bald merkte sie, dass sie schwanger war. Ihr erstes Kind, ein Mädchen, wurde geboren. Katharina und die Hebamme in der Klinik hatten es mit der Geburt nicht so leicht. Aber schließlich ging doch alles gut. „Da habt ihr aber Glück gehabt, dass ihr schon neun Monate verheiratet seid. Keinen Monat zu spät, Ihr habt euch wohl an die Regeln von

Tante Treschen gehalten", war Konrads etwas hämischer Kommentar. Vielleicht war er auch nur neidisch, denn Luise und er waren bereits seit längerem verheiratet, und bei ihnen hatte es nicht so pünktlich geklappt. Aber auch sie bekamen bald darauf ihr Kind, einen Sohn. Bald spazierten Luise und Katharina stolz mit ihren Kinderwagen gemeinsam durch die Straßen und Parks von Essen. Hedwig wurde die Patentante ihrer Tochter,

Als sich für August nach den pflichtgemäßen Jahren bei Krupp eine bessere berufliche Chance bei der Zeche Concordia bot, zogen sie mit ihrer kleinen Tochter und Katharinas Vater, der inzwischen das Rentenalter erreicht hatte, in eine schöne, fast herrschaftliche Wohnung in Oberhausen. Der Küchenboden war mit grünen Fliesen gemustert, die Fenster reichten fast bis zur Decke und in das Glas der Eingangstür waren bunte Jugendstilbilder eingesetzt. Die Toilette befand sich in einem gefliesten Badezimmer mit einem Waschbecken und einer Badewanne. So etwas hatten sie bis dahin nicht kennengelernt. Die Arbeiterwohnungen in Essen waren nicht so komfortabel und schön ausgestattet. Die Möbel des Vaters reichten kaum, um die großen Räume zu füllen. Katharina war sehr stolz auf die schöne große Wohnung, die sie vom Werk gestellt bekamen und natürlich auf ihren Mann, den sie kritiklos verehrte, und der ihnen durch seine berufliche Tüchtigkeit einen sozialen Aufstieg ermöglichte.

Für Katharina und August begann eine glückliche Zeit der Sorglosigkeit und der Lebensfreude. Die Verwandten besuchten sich gegenseitig und es gab unzählige kleine Familienfeste. Alle bewunderten die schöne Wohnung. Auch Tante Treschen freute sich über das Glück, das nun offensichtlich doch noch eingekehrt war, obwohl keiner in der Familie katholisch geworden war.

Leider hat Karl diese Zeit nicht lange überlebt. Er wurde sehr krank, Katharina pflegte ihn, so gut sie konnte. Er litt an Kehlkopfkrebs, und sein pfeifender Atem war durch das ganze Haus zu hören. Das evangelische Krankenhaus in Oberhausen hatte ihn nach der Diagnose recht schnell wieder entlassen, da es noch keine Erfolg versprechende Behandlungsmöglichkeit für diese Krankheit gab. Es war eine schwere Zeit für die ganze Familie. Keiner konnte ihm helfen. Karl quälte sich mit Atemnot und Erstickungsanfällen. Als ihn ein Pfarrer der Gemeinde besuchte, lehnte er dessen Beistand brüsk ab. Er sprach mit niemandem über seinen Gott, „dem er auch im Wald begegnen könne".

Nach zwei Jahren wurde August von der Wohnungsverwaltung der Zeche eine Wohnung in einem Dreifamilienhaus angeboten, die für eine Familie mit Kind noch geeigneter schien. Die neue Wohnung hatte ein Wohn- und ein Esszimmer, und für das Kind gab es ein Kinderzimmer gleich neben dem Elternschlafzimmer. Im Bad stand ein Kohlebadeofen, der das Wasser erhitzte, und aus dem das Wasser direkt in die Wanne floss.

Draußen auf dem Hof war in einem kleinen Gebäude eine komfortable Waschküche eingerichtet und ein sogenannter Stall, der früher wohl eine Scheune gewesen und für Werkzeug, das Fahrrad und sonstige sperrige Gebrauchsgegenstände vorgesehen war. Die Zeche hatte einen Bauernhof umgebaut und modernisiert. Sogar ein kleiner Garten, in dem man die Wäsche trocknen konnte, war vorhanden. Aber das Schönste an der neuen Wohnung war, dass August und Katharina inzwischen genug Geld gespart hatten, um sich neue Möbel kaufen und die neue Wohnung nach ihrem Geschmack einrichten zu können. Katharina hatte endlich ihre gelbe Küche.

Als ihre Tochter Ingrid drei Jahre alt war, wurde sie im

evangelischen Kindergarten ihrer zuständigen Gemeinde ,Christuskirche' angemeldet. Zugleich kündigte sich das zweite Kind an. Geleitet wurde der Kindergarten von Schwester Margot, einer Kaiserswerther Diakonisse. Sie war sehr lebhaft, hatte blaue, lustige Augen, trug als Habit ein gestärktes Organzahäubchen auf dem Kopf und ein knöchellanges Kleid aus dunkelblauem Baumwollstoff mit hellblauen Pünktchen.

Ingrid fühlte sich dort von Anfang an wohl. Katharina hatte sich zunächst Sorgen gemacht, ob sie sich wohl in die ihr fremde Umgebung eingewöhnen würde. Aber die inzwischen fast Vierjährige bewunderte die Schätze in den Schubladen, die gefüllt waren mit bunten kleinen Holztierchen, farbigen Holzstäbchen und ähnlichen Herrlichkeiten. An einem runden Brunnen wuschen sich morgens die Kinder die Hände. Aber die größte Liebe galt Schwester Margot, die mit ihrer sonnigen, aber energischen Art das Zutrauen sowohl der Kinder als auch der Mütter genoss. Katharina ging zu den häufig stattfindenden Elternabenden, an denen erzählt, gebastelt und geplant wurde. Gelegentlich war auch der zuständige Pfarrer dabei, und manchmal wurde der Elternabend zu einer Bibelstunde. So gliederte sie sich in die Gemeinde ein, sang im Kirchenchor und fand es auch selbstverständlich, dass die Kindergartenkinder, als sie später Schulkinder wurden, ihren ersten Schultag in der evangelischen Konfessionsschule mit einem Gottesdienst begannen.

Obwohl sie so glücklich über ihre neue Wohnung gewesen waren, wurde es ein trauriges Jahr. Hedwig starb an Typhus in einem Essener Krankenhaus. Ihre Bücher nahm Katharina in ihre neue Wohnung in Oberhausen mit. Die Heiligengeschichten und frommen Romane, in denen die Heldinnen und Helden meistens zuerst sündhaft lebten und später durch Erleuchtung und Gottes Liebe zu frommen Menschen wurden, las Katharinas älteste Tochter später mit Begeisterung.

.

10.

Eines Abends im Jahr 1939 kam August kurz vor Weihnachten mit einer Neuigkeit vom „Sturm" zurück.
"Sturm" nannten sie die Gliederungen des NSKK, an deren Veranstaltungen er regelmäßig teilnehmen musste. August war dem „Nationalsozialistischen Kraftfahrkorps" ursprünglich wegen seiner Begeisterung am Motorradfahren beigetreten. Auch den Führerschein hatte er bei seinen ‚Kameraden' des ‚NSKK' gemacht. Im ‚Sturm' bekam er oft die Gelegenheit, ein Motorrad oder sogar ein Auto zu fahren, obwohl er selbst in absehbarer Zeit das Geld für ein eigenes Fahrzeug niemals würde aufbringen können. Mit den Kameraden konnte man über die technischen Einzelheiten der Fahrzeuge reden. Ihm gefiel, dass sich dort alle für den Motorsport begeisterten. Oft saßen sie zusammen vor dem Volksempfänger, um die großen Autorennen ihrer Idole Rosemeyer, Caracciola und Brauchitsch zu verfolgen. Bald aber hatte er gemerkt, dass dort mehr verlangt wurde als Freude an Motoren. Offen für alles, was ihnen dort an den sogenannten Heimabenden von irgendwelchen Funktionären vorgestellt wurde, war er bald überzeugter Nazi, zumal ihm dieses Gedankengut seit langem durch seine beiden Schwäger Konrad und Heini vertraut war.
„Wir müssen aus der Kirche austreten. Das verlangt man von mir", sagte er zu Katharina. Sie saß an der Nähmaschine und nähte an einem Kleidchen für ihre Tochter. Es war schon spät. Sie legte das Kleid auf den Tisch und die Stecknadeln, die sie beim Nähen oft zwischen die Lippen klemmte, in die Dose und sah ihn verständnislos an. August zog sich einen Stuhl heran, weil er ihrer Reaktion schon an-

merkte, dass es ein längeres Gespräch werden würde. „Du brauchst ja deine Religion nicht aufzugeben. Wir würden uns dann gottgläubig nennen, und so würde es auch in unserem Personalausweis stehen. Ein richtiger, überzeugter Nationalsozialist kann nicht in der Kirche sein. Der Führer verlangt bedingungslosen Gehorsam. Da kann man nicht noch jemand anderem gehorchen. Hat jedenfalls der Redner gesagt." Als er sich so reden hörte, wurde er jetzt doch etwas unsicher. „Meinst du das etwa auch so?", fragte sie zuerst zögerlich, dann aber doch schon etwas gereizt. „Soll jetzt etwa Hitler unseren Gott ersetzen?" „Na ja, heute war einer von der Kreisleitung der Partei da und hat uns einen Vortrag dazu gehalten. Wenn man gottgläubig ist, soll das ein Beweis besonderer ideologischer Nähe zum Nationalsozialismus sein. Und eigentlich kann ich das auch einsehen." „Findest Du das denn richtig?" Diese Frage hatte sie ihm in der letzten Zeit öfter gestellt. Dass der Redner auch gesagt hatte: „Wir Deutschen brauchen eine artgemäße Frömmigkeit", berichtete er erst gar nicht, weil Katharina dann hätte wissen wollen, was ‚artgemäß' mit ihrer Religion zu tun habe. Sie fand das Verhalten der Nazis immer öfter menschenverachtend und geradezu antichristlich. Dafür gab es auch Beispiele. Im vorigen Jahr hatte das NSKK geholfen, die jüdischen Geschäfte zu boykottieren. Und für die Verwüstungen in einer Wohnung in der Poststraße, aus der sie die jüdischen Bewohner hinausgeworfen hatten, waren sie auch mit verantwortlich.

Er schwieg bedrückt. „Du darfst diese Fragen auf keinen Fall irgendjemandem stellen", meinte er besorgt, „das könnte gefährlich werden, weil du damit zeigst, dass du an den Lehren des Nationalsozialismus zweifelst. Und sieh mal, diese Forderung ist doch gar nicht so schlimm. Du sollst deinen Glauben ja nicht aufgeben", wiederholte er. „Wir nennen uns dann ‚gottgläubig'. Jeder kann dann glauben, was er will. Aber nach außen müssen wir dem Führer schon diesen Gefallen tun. Und außerdem soll es sogar Karriere fördernd sein"

Katharina hatte über die manchmal merkwürdigen Ideen, die ihr Mann mitbrachte, und zwar immer dann, wenn einer ‚von ganz oben' dagewesen war, schon viel nachgedacht. Beim letzten Mal ging es um Sonnenräder und germanische Runen, die sie in den Weihnachtsbaum hängen sollte. Geradezu lächerlich hatte sie das gefunden und es strikt abgelehnt. Bei ihnen würde es immer Lametta und bunte Weihnachtsbaumkugeln und Glocken am Tannenbaum geben. Aber dieser neue Vorschlag? Sie konnte weiterhin evangelisch sein und glauben, was sie wollte? Und wenn es August in seinem Beruf vielleicht weiterbrachte, dann würde es sicher für ihn sehr wichtig sein, wenn er in seinem Ausweis ‚gottgläubig' stehen hätte. Hatte ihr Vater nicht auch gesagt: „Ich finde Gott im Wald. Ich brauche keine Kirche."? Beten konnte sie schließlich auch für sich allein. Sie war ja nicht katholisch und auf die Sakramente der Kirche angewiesen. Dann waren sie eben ‚gottgläubig'. Richtig fand sie es aber vom Führer trotzdem nicht. Ihr Vater hatte auch gesagt: „Jeder soll das glauben, was er für richtig hält!" Vielleicht würde bald der Führer Adolf Hitler sagen, was richtig ist.

Als beim nächsten Elternabend im Kindergarten Schwester Margot und Pastor Schütz ihr dann noch sagten, dass sie ihre Tochter weiter in den Kindergarten der evangelischen Kirche schicken und den Gottesdienst besuchen könne, wenn sie wolle, tröstete sie sich damit, dass sich ja in ihrem Innern nichts geändert hatte, und dass sie weiterhin der gleiche Mensch mit der gleichen Beziehung zu ihrem Gott bleiben würde.

Außerdem sollte ihr Mann keinen Schaden nehmen. Er war in vielem, auch ein wenig beim Vorwärtskommen in seinem Beruf, davon abhängig, dass sie nicht weiter auffielen und taten, was von der Partei von ihnen verlangt wurde. Er würde auch nicht zum Heer eingezogen werden, weil er an der Heimatfront unabkömmlich war, wie es offiziell hieß. Das durfte nicht dadurch aufs Spiel gesetzt werden, dass man sich den Anordnungen der Partei widersetzte. Ihr Mann würde schon wissen, was er tat. Er war so tüchtig und angesehen. Auf der Zeche wurde er oft von seinen Vorgesetzten gelobt, und im NSKK hatte er es schon bis zum Sturmführer gebracht. Man musste ihn sich nur mal ansehen, wenn er in seiner Uniform mit dem Motorrad auf den Hof gefahren kam. Sie liebte ihn, sie verehrte ihn. Also stimmte sie nach einiger Bedenkzeit zu.

Bei den Meldungen allerdings, die aus dem Volksempfänger kamen oder die sie in der Zeitung las, hörte und sah sie jetzt etwas kritischer hin. Die Nachrichten waren besorgniserregend. Immer häufiger wurde von Krieg gesprochen, der dann im September 1939 Wirklichkeit wurde, wie sie aus dem Volksempfänger erfuhren.

Die zweite Tochter, vier Jahre nach Ingrid geboren, war noch getauft worden, die dritte Tochter wurde nicht mehr getauft. Sie war wie ihre beiden Schwestern ‚gottgläubig'.

11.

Tochter Ingrid hatte zunächst die evangelische Grund-
schule besucht, die ganz in der Nähe des Kindergartens lag.
Aber schon bald nach dem Beginn ihrer Schulzeit wurden
vom Staat alle konfessionellen Schulen aufgehoben und die
Kinder nach Einzugsgebieten der zuständigen Schule zuge-
teilt. Ingrid kam in die ehemals katholische Josefschule.

Am ersten Tag in ihrer neuen Schule stellte sie fest, dass sie
ähnliche Bänke hatten, auch die Tafel war gleich, an den
Wänden hingen Bilder von Tieren und ein Bild vom Ober-
hausener Rathaus. ‚Eigentlich alles so ähnlich wie in der
ehemaligen Schule', dachte sie. So ganz verstand sie nicht,
warum sie nun alle in eine andere Schule gehen mussten. Einige von ihren Mitschülern hatten in der ehemaligen Klasse bleiben können. Zuerst war sie traurig gewesen, dass sie
nicht dazugehört hatte.

Als die Lehrerin hereinkam, standen alle auf, um sich zu
begrüßen, so wie es auch in der alten Schule gewesen war.
„Setzen!" sagte die Lehrerin. Ein Mädchen, das vorne in
der ersten Bank saß, fragte: „Beten wir denn heute nicht?"
„Nein, das müsst ihr von jetzt ab alleine tun", antwortete
sie, drehte sich hastig um, sagte „Herzlich willkommen"
und schrieb mit Kreide auf die Tafel: ‚Herzlich willkommen', obwohl die Kinder das noch nicht lesen konnten. Damit waren wohl die Neuen gemeint.

Die evangelischen Schüler lebten sich schnell ein. Religionsunterricht hatte es auch schon in ihrer ehemaligen
Schule nicht mehr gegeben. In ihrem Klassenraum in der
neuen Schule war über der Tafel ein weißer Fleck, der wie
ein Kreuz aussah. Wenn die Lehrerin an ihrem Pult auf

dem Podest saß, drehte sie sich manchmal um und sah sich den weißen Fleck an. Danach war ihr Gesicht unfreundlich, obwohl die Kinder eifrig mit ihren Griffeln auf ihre Tafeln schrieben und es im Klassenraum ganz leise war. Ingrid fand das ungerecht, denn die meisten hatten ihre Reihe schon säuberlich mit dem Wort beschrieben, das an der großen Tafel in der Sütterlin-Schrift stand, nämlich ‚heute‘. Sie hatten sogar jedes Mal ihren Finger zwischen die Wörter gelegt, damit der Abstand immer der gleiche blieb, genau so, wie es sein sollte. Die Lehrerin hatte also keinen Grund, unzufrieden mit ihnen zu sein. Zu Hause dämpfte Katharina Ingrids Empörung: „Sie ist nicht böse auf euch. Sie ärgert sich über andere Leute.“

Die meisten Lehrer waren nett. Besonders den Musiklehrer mochte Ingrid gerne. Er spielte oft auf seiner Gitarre, und sie sangen dazu. Leider war er eines Tages verschwunden. Keiner antwortete auf die Fragen der Kinder, warum er denn weggegangen sei.

Katharina und August hatten den Schulwechsel ihrer Tochter begrüßt. Sie legten keinen großen Wert darauf, ob die Schule nun evangelisch oder katholisch geführt wurde. Entscheidend war eher, dass das Kind nicht mehr die Straßen überqueren musste, auf der die Straßenbahnen fuhren. Hinzu kam, dass der Schulweg sehr viel kürzer war. Der Krieg hatte begonnen, und da war man froh, wenn man die Kinder schnell zu Hause hatte. Das war besonders dann wichtig, wenn sie schnell nach Hause laufen mussten, wenn es den sogenannten ‚Voralarm‘ gab. ‚Voralarm‘ bedeutete, dass feindliche Flugzeuge im Anflug waren, und die Gefahr bestand, dass es einen Bombenangriff geben würde. Die Schule selbst hatte keinen Luftschutzkeller. Zu Hause war inzwischen ein solcher Keller eingerichtet worden. Sandsäcke waren vor den Kellerfenstern aufgestapelt. Ein zu einem Aufenthaltsraum umgebauter Vorratskeller war mit einer Eisentür, verschlossen, die nur mit einem Hebel geöffnet werden konnte. Sie sollte Feuer abhalten. Für den Fall, dass die Hausbewohner sich dort länger aufhalten mussten, standen zwei doppelstöckige Betten an den Wänden und auf einem Regal stand ein Karton mit Lebensmitteln.

Die Bewohner aus dem Nachbarhaus suchten auch in diesem Keller Schutz, solange es noch keinen Durchbruch zwischen den beiden Häusern gab. Der Durchbruch war Vorschrift, damit die Menschen sich in den Nachbarkeller retten konnten, wenn ihr eigenes Haus zerstört und die Zugänge verschüttet waren. Wenn Bomben fielen, holte eine der Nachbarinnen einen Rosenkranz aus ihrer Tasche und begann, die Perlen durch ihre Finger gleiten zu lassen. Dabei bewegten sich ihre Lippen lautlos. Katharina kannte das Gebet, das sie ständig wiederholte: „Gegrüßt seiest du, Maria!" Sie hatte es als Kind von ihrer Mutter so oft gehört, die es auch in ihrer Not gebetet hatte.

Für Katharina begann eine schwere Zeit. Sie hatte gerade ihr drittes Kind geboren. Es ging ihr nicht gut. Die Geburt war nicht komplikationslos verlaufen. Noch lange blieb sie geschwächt. Die dreifache Mutter musste häufig von ihrer Schwester Luise umsorgt werden, die mit der Straßenbahn aus Essen anreiste, so oft es möglich war.

Das neue Töchterchen wurde bei jedem Bombenangriff hastig in einen Wäschekorb gelegt. Wenn sie in den Keller getragen wurde, riss sie ihre Augen weit auf, bewegte sich kaum und wirkte wie erstarrt. Sie schlief erst wieder, wenn sie später zurück in ihr Bettchen gebracht worden war.

Die mittlere Tochter Ursula besuchte inzwischen den evangelischen Kindergarten, der allerdings wie alle konfessionellen Einrichtungen durch eine mögliche Schließung gefährdet war. Bisher hatte Schwester Margot es jedes Mal geschafft, das zu verhindern. Sie versicherte der Aufsicht aus dem Rathaus, dass sie die Kinder zu guten Volksgenossen erzog. Einen Verstoß hatte man ihr bisher nicht nachweisen können.

Katharina war erleichtert, dass sie ihre Tochter Ursula gut versorgt wusste, und sie so die Verbindung zur Gemeinde aufrecht erhalten konnte. So oft es ihre knappe Zeit, ihr Zustand und die ständige Gefahr eines Bombenangriffs erlaubten, besuchte sie die Elternabende, zu denen auch immer noch häufig Pastor Schütz erschien. Mit Erstaunen hatte sie festgestellt, dass sie nach den Gesprächen und gemeinsamen Gebeten ruhiger und stärker wurde. Als Pastor Schütz eines Abends nicht mehr erschien, konnte Schwester Margot nur berichten: „Er ist von zwei Männern abgeholt worden". Ob sie mehr wusste? Katharina argwöhnte, dass sie die Anweisung erhalten hatte, nichts Genaueres über das Verschwinden weiterzugeben.

Als die Bombenangriffe häufiger wurden, sollte Ingrid, mit der sogenannten ‚Kinderlandverschickung' weggegeben werden. „Sie ist doch erst acht Jahre alt und braucht ihre Mutter und ihre Familie." „Wir müssen alle Opfer bringen", wurde Katharina von Schwager Konrad ermahnt. Man hielt Katharina vor, dass es als gute Deutsche ihre Pflicht sei, das Kind in weniger gefährdete Gebiete schicken zu lassen. „Nach dem Krieg sollen unsere Kinder unser deutsches Vaterland wieder aufbauen und noch größer und glanzvoller machen". Ingrid wurde auf einen Bauernhof in den Schwarzwald geschickt. Dort ging sie in die Dorfschule, in der mehrere Jahrgänge in einer Klasse unterrichtet wurden. Sie blieb ein knappes Jahr.

Zwei Jahre später musste auch Katharina mit den beiden jüngeren Kindern Oberhausen verlassen. Der Bombenkrieg hatte sich verschärft. Sie reiste zu Augusts Verwandten, zuerst nach Ostpreußen und dann nach Westpreußen. Ingrid, die sich inzwischen mit den meisten ihrer Mitschüler aus Oberhausen in einem ‚Lager' im Schwarzwald aufgehalten hatte, wurde nachgeholt, sodass Katharina wenigstens ihre drei Kinder bei sich haben konnte. Schon nach wenigen Monaten zwangen sie die beengten Verhältnisse bei den Verwandten, sich eine neue Bleibe in einer bisher noch verschont gebliebenen Region zu suchen. Die letzten beiden Jahre des Krieges verbrachte sie in Northeim. Sie wohnten in einer winzigen Wohnung ohne Wasser und Toilette. Die beiden älteren Töchter besuchten die entsprechenden Schulen.

Ingrid war mit zehn Jahren ein ‚Jungmädel' im Bund deutscher Mädel geworden. Oma hatte ihr einen dunkelblauen Rock genäht. Die weiße Bluse wurde mit einer schwarzen Krawatte zusammen gehalten. Das Wichtigste dieser Uniform aber war ein brauner, geflochtener Lederknoten, der über die Krawatte geschoben wurde. Eigentlich war Katharina stolz auf ihr kleines Mädchen, aber die strenge Disziplin, die rassistischen Anschauungen und der unbedingte Gehorsam, zu dem die Kinder erzogen wurden, gefielen ihr nicht. Zweimal in der Woche mussten die Mädchen zum ‚Dienst', am Mittwoch und am Samstag. Sie durften bei diesen Schulungen nicht fehlen, es sei denn, es gäbe einen schwerwiegenden Grund.

So unterstellte der Kreisleiter der NSDAP, der ‚Partei', Katharina einmal, sie halte Ingrid vom Dienst ab und zersetze so die Widerstandskraft des deutschen Volkes und besonders der Jugend. Sie hatte an einem Samstag mit den Kindern eine Zirkusvorstellung besucht. „Das ist Volksverrat", hielt er ihr vor. Katharina wusste, dass ‚Volksverrat' sehr schwere Strafen nach sich zog. Es half ihr auch kaum, dass sie versicherte, dass ihr Mann selbst in der Partei und

Sturmführer beim NSKK sei. Der Kreisleiter glaubte ihr wohl nicht. Er sah aber dann doch von einer Bestrafung ab. Vielleicht hatte er doch überprüfen lassen, ob Katharinas Aussage der Wahrheit entsprach.

Manchmal dachte sie an die Elternabende bei Schwester Margot. Sie bedauerte, dass sie keine ähnlichen Möglichkeiten gefunden hatte. Sie wusste, dass Kontakte zur Gemeinde von der ‚Partei' nicht so gern gesehen wurden. Und da sie sich als gute Ehefrau eines Parteigenossen zeigen wollte, unternahm sie keine Anstrengungen. Sie hätte ohnehin in der fremden Stadt nicht gewusst, an wen sie sich hätte wenden sollen. Die christlichen Gemeinden waren weitgehend mit sich selbst beschäftigt. Ihnen wurden von der Parteiführung vielerlei Schwierigkeiten gemacht, sie kämpften um ihr Überleben.

Einmal begegnete sie in dieser Zeit einem Menschen, den sie beten hörte. Sie erinnerte sich an die Frau, die in Oberhausen in ihrem Luftschutzkeller den Rosenkranz durch ihre Finger gleiten ließ. Während sie damals die Situation nicht ganz ernst genommen hatte, weil die Gefahr nicht sehr groß war, ging es in den letzten Jahren des Krieges um das Überleben und die Not und die Angst, die sie alle aushalten mussten. Auch in Northeim gab es zum Ende des Krieges Bombenangriffe, die deshalb auch so viel gefährlicher waren, weil die Menschen sich nicht gegen die Angriffe durch den Ausbau von Kellern und anderen Räumen geschützt hatten. Während eines Bombenangriffs auf den Bahnhof in Northeim hatten sich Katharina und Ingrid in den Keller eines Bauernhauses retten können. Die Bombeneinschläge kamen näher, der Putz fiel von der Decke, die Kerzen wurden durch den Luftdruck ausgelöscht und ein verletzter Mann stürzte die Kellertreppe herunter. Nur eine Notlampe spendete notdürftig ein wenig Licht. Eine

Frau lief laut schreiend und mit irrem Blick im Kellergang hin und her, hin und her, und schrie: „Herr, hilf uns! Rette uns! Wir haben keine Schuld an allem." Dabei reckte sie ihre gefalteten Hände in die Höhe, fiel ab und zu auf die Knie und Tränen rollten über ihr Gesicht. Katharina sah nur kurz zu ihr hinüber, denn sie war mit den Verletzungen des Verwundeten beschäftigt. ‚Wirklich keine Schuld?' fragte sie sich. Obwohl ihr das Verhalten der Frau missfiel, war sie ein wenig neidisch. Konnte man ein solches Vertrauen haben, dass man wirklich glaubte, dass Gott eine solche Situation beeinflussen würde, wenn man nur genug darum bittet? Oder gab das Gebet der Frau Kraft, die es ihr leichter machte, ihre Angst zu bewältigen?

12.

Als Katharina mit ihren drei Töchtern im Sommer 1945 kurz nach dem Ende des Krieges aus der Evakuierung nach Oberhausen zurückfuhr, fand sie das Land und die Städte weitgehend zerstört. Sie hatte drei Jahre ihre Kinder in Ost- und Westpreußen und dann in Northeim vor den Bombenangriffen auf das Ruhrgebiet geschützt. August sorgte während dieser Zeit in Oberhausen auf der Zeche für eine zügige Förderung der Kohlen, die für eine immer grausamere Kriegsführung gebraucht wurden.

Die schwierige Fahrt von Northeim nach Oberhausen, die in normalen Zeiten einen halben Tag in Anspruch nahm, dauerte fast zwei Tage. Für das erste Teilstück von Northeim zum Bahnhof Paderborn hatte sich ihr Vermieter mit seinem Auto angeboten. Er war Arzt und besaß einen alten offenen PKW. Wie er in diesen Zeiten zu einem Auto kommen konnte, war Katharina rätselhaft. Aber so konnten sie einige zerstörte Viadukte und Bahnstrecken umgehen, die sie hätten zu Fuß bewältigen müssen. Und das war mit dem Gepäck und den Kindern schwierig. Kurz vor dem Bahnhof in Paderborn setzte er sie ab. Sie fühlte sich plötzlich allein. Das Gepäck stand am Wegesrand, die Kinder etwas ratlos daneben. Sie musste sich aufraffen und ihren Mut zusammen nehmen. Was war als Nächstes zu tun? Das Gepäck unter sich aufteilen, zum Bahnhof schleppen, Fahrkarten kaufen und auf einen Zug warten.

Auf den Straßen drängten sich viele Menschen, die alle mit dem nächsten Zug weiter nach Westen fahren wollten. Auf dem Rücken trugen sie Rucksäcke. Ihre Gestalten waren von Taschen und Koffern gebeugt, die schwer an ihren Armen zerrten. Manche zogen einen kleinen Leiterwagen, auf dem Säcke und Koffer aufgetürmt waren. Ein Pferdefuhrwerk, von zwei schweren Ackergäulen gezogen, drängte sich auf der Straße, die zum Bahnhof führte, dazwischen.

Plötzlich riss sich die kleine fünfjährige Karin, die sich an Katharinas Koffergriff festhalten sollte, los. Sie stolperte und fiel vor die Pferde des Fuhrwerks. Der Kutscher riss die Pferde hoch, sie bäumten sich hoch auf. Karin lag unter den Pferden. Ein Mann stürzte hinzu und riss das Kind blitzschnell unter den Pferdehufen weg. Katharina stellte ihren Koffer ab, setzte sich darauf, brach in Tränen aus und nahm Karin in ihre Arme. „Du solltest dich doch festhalten", schluchzte sie. „Aber da drüben auf der anderen Straßenseite hat der kleine Junge seinen Teddy verloren. Er durfte aber nicht zurücklaufen. Ich wollte ihm helfen." Karin war überzeugt, dass sie das Richtige getan hatte. Einige Umstehenden schimpften: „Können sie nicht besser auf ihr Kind aufpassen?" Katharina erhob sich mühsam von ihrem Koffer, und schleppte sich und ihr Gepäck weiter auf der Straße zum Bahnhof. „Fass am Koffergriff an" rief sie Karin zu.

Der Bahnsteig war gedrängt voll mit Menschen und Gepäck. Als der Zug endlich einfuhr, drängten alle nach vorne an die Rampe. Jeder wollte einen Platz für sich, seine Angehörigen und seine letzten Habseligkeiten ergattern. Die großen Türen der Güterwaggons wurden aufgezogen, und sich schiebend und beiseite drängend versuchten die Menschen, in die Wagen hineinzuklettern. Katharina hatte Glück. Genau vor ihnen wurde die große Tür eines noch leeren Wagens gerade aufgeschoben. Sie musste zuerst das Gepäck und dann die Kinder in den Waggon heben, denn der Einstieg lag oberhalb der Bahnsteigkante. Zuletzt kletterte sie hinauf. Nach langer Wartezeit setzte sich der Zug endlich in Bewegung. Die erschöpften Passagiere blickten stumm durch die geöffneten Türen auf die, die auf dem Bahnsteig zurückgeblieben waren und langsam an ihnen vorbeizogen. Ihre enttäuschten Gesichter konnten sie nicht mehr deutlich erkennen. Im Zug waren sie erleichtert, dass sie ihrem Ziel näher kommen würden.

Der Waggon war vollgestopft mit Menschen. Einige mussten stehen, weil kaum Platz war, um sich auf den Fußboden zu setzen. Die Gepäckstücke wurden übereinander getürmt. Manche dienten auch als Sitzgelegenheit. Plötzlich stöhnte eine junge Frau, die neben Katharina stand, laut auf und sackte in sich zusammen. Verkrümmt lag sie auf dem kleinen engen Stück Boden, Katharina schob sich in die Hocke, nahm den Oberkörper der Frau hoch und legte deren Kopf auf ihre Knie. Jemand reichte eine Flasche mit Wasser. Katharina gelang es, der Frau ein wenig Flüssigkeit einzuflössen. Besorgt sahen die Mitreisenden auf die junge Frau herunter, die langsam wieder zu Bewusstsein kam, aber immer noch stöhnte. Katharina legte der Frau einen Rucksack, den jemand herübergereicht hatte, unter den Kopf. Sie stand wieder auf und streckte ihre Beine aus. „Sie hat den ganzen Kopf voller Läuse", flüsterte sie Ingrid zu.

Langsam rollte der mit Menschenfracht beladene Güterzug bei strahlendem Frühsommerwetter weiter nach Westen. Es war Juni. Auf beiden Seiten waren die Türen des Waggons aufgeschoben. Zwei Soldaten hatten sich an eine offene Tür gesetzt, und da wenig Platz war, ließen sie ihre Beine über die Rampenkante nach draußen hängen. Sie lachten und waren offensichtlich froh, dass der Krieg vorbei war, und sie lebendig davon gekommen waren und nach Hause zurückkehren konnten. Ingrid hatte sich zu ihnen durchgedrängt, setzte sich zwischen sie und fand es wunderbar, wie die frische Luft und die Landschaft bei strahlendem Sonnenschein an ihnen vorbei zog. Immer wenn ein Bahnhof

oder ein anderes Hindernis in Sicht kam, riefen die Soldaten: „Beine hoch!", sie legten sich leicht nach hinten und
streckten ihre Beine in die Waagerechte, damit sie nicht
von einem Bahnsteig abgerissen wurden. Als Katharina das
gefährliche Spiel bemerkte, musste Ingrid sofort wieder in
die Enge des Waggons zurückkommen. Enttäuschte Pro-
teste halfen nicht. Sie bemerkte, wie die Hände ihrer Mutter leicht zitterten.

Kurz vor dem Bahnhof Soest blieb der Zug plötzlich stehen. Beunruhigt fragten sich die Leute, was das zu bedeuten
hat. Ein Mann berichtete, dass sich ganz in der Nähe der
Stadt ein ehemaliges Lager von polnischen Zwangsarbei-
tern befunden hatte. „Die sind natürlich alle sofort befreit
worden, als der Krieg zu Ende war. Sie haben versucht, eine
Möglichkeit zu finden, wieder nach Polen zu kommen",
vermutete ein Mann. Ein anderer ergänzte: "Manche von
denen sind nicht zimperlich mit den Leuten hier umge-
gangen." Ein Dritter meinte: „Vielleicht haben sie den
Zugfahrer bestochen. Er hält hier, damit sie den Zug plün-
dern können." Ängstlich versuchten die Leute, durch die
Türöffnungen die angrenzenden Felder zu beobachten, ob
sich vielleicht schon Plünderer sehen ließen. „Hört nicht
auf die, die wollen uns nur bange machen!" sagte Katharina
laut zu ihren Kindern. Und noch lauter sagte sie: "Diese
Panikmache nützt niemandem etwas." Trotzdem sah sie
ab und zu ängstlich zur Tür, ob irgendetwas zu sehen sei,
das eine Gefahr bedeuten könnte. Dabei versuchte sie, sie
die Kinder weiter nach hinten in den Waggon hineinzu-
schieben. Nach einer Stunde setzte sich der Zug langsam in
Bewegung. Nichts war geschehen. Etwas mehr Gelassenheit
machte sich im Waggon breit.

Sie kamen zur Zeit der Sperrstunde in Oberhausen an.
Während dieser Zeit durfte sich kein Deutscher auf den

Straßen in der Öffentlichkeit aufhalten. Die Besatzer patrouillierten mit ihren Jeeps durch die Stadt und nahmen jeden fest, der sich nicht an die Vorschrift hielt. Alle mussten bis zum nächsten Morgen warten und durften das Bahnhofsgebäude nicht verlassen. Sie verbrachten den Rest der Nacht in der Bahnhofsunterführung, saßen auf ihrem Gepäck oder auf dem Betonboden. Einige Frauen von der Bahnhofsmission brachten ihnen heißen Tee, den sie dankbar annahmen. Katharina packte die letzten Essensreste aus. Die kleine Karin legte den Kopf auf Katharinas Schoß und schlief, bis endlich die Sperrstunde am nächsten Morgen aufgehoben wurde und sie sich übermüdet und mühsam ihr Gepäck schleppend auf den Weg zu Ihrer Wohnung machen konnten.

13.

Die ehemalige Wohnung war noch bewohnbar, aber zur Hälfte mit einer „bombengeschädigten" Familie besetzt. Ihren Mann fand sie nicht mehr vor. Er war gleich nach dem Einzug der Alliierten, das waren in Oberhausen die Engländer, als Angehöriger der NSDAP in das städtische Gefängnis und nach einer Woche in verschiedene Internierungslager gebracht worden, zuerst nach Sachsenhausen, dann nach La Rochelle in Frankreich. Das Gerücht ging, er sei erschossen worden.

Wieder war Katharina ganz auf sich allein gestellt. Sie musste sich gegen die anspruchsvollen Mitbewohner durchsetzen. Die Küche wurde von ihnen gemeinsam benutzt, und das führte oft zu kleinen Auseinandersetzungen, hatten sie doch alle nur den Mangel zu verwalten. Sie hungerten, und zum ersten Mal spürten sie, dass Hunger schmerzte. Ängstlich beobachtete Katharina die Kinder, ob sie bereits Zeichen der Unterernährung zeigten. Sie selbst nahm ständig an Gewicht ab. Wenn sie sich im Spiegel betrachtete, war sie entsetzt über ihr ausgemergeltes Gesicht. Deutlich zeigten sich tiefe Furchen um den Mund. „Kummerfalten", sagte ihre Schwester Luise dazu. "Das wird alles wieder besser, wenn ihr wieder genug zu essen habt". Auch Luise lebte mit ihrem Sohn allein. Konrad war im Krieg von Partisanen erschossen worden. Katharina war nicht so sicher, ob alles schon wieder besser wird. Sie hoffte immer noch, dass August eines Tages zurückkommen würde. Schließlich hatte ihr noch niemand seinen endgültigen Tod bestätigen können. Sie sehnte sich nach ihm Wenn sie nachts nicht schlafen konnte, malte sich oft aus, wie sie wieder als richtige Familie leben würden.

Tagsüber drängte sie diese Gedanken zurück. „Jetzt muss erst einmal etwas gegen den Hunger getan werden", sagte sie sich. Sie fuhr mit Ingrid zu ihren Verwandten in den Westerwald in die französisch besetzte Zone und hoffte, auf den Bauernhöfen irgendetwas Nahrhaftes zu finden. Natürlich wusste sie, dass die hungernde Verwandtschaft groß war. Viele würden die Cousins und Cousinen, deren Eltern früher nicht in die Stadt gezogen waren und die noch auf den kleinen Höfen lebten, genau so wie sie um Hilfe bitten. Aber versuchen wollte sie es. Sie kannte sie alle von damals, als sie in den Hungerjahren im ersten Weltkrieg aufs Land zu den Verwandten geschickt worden war. Am Ende ihrer Betteltour hatte sie ein halbes Brot, eine Flasche Milch, sechs Eier und ein paar Kartoffeln in ihrem Rucksack. Das war eine großartige Beute. Damit würde sie ihre Kinder einige Tage ernähren können.

Die Grenze zwischen der englisch und der französisch besetzten Zone mussten sie zu Fuß überwinden. Es war streng verboten, sich ohne die vorgeschriebenen Lebensmittelmarken Essbares zu besorgen, Besonders die Franzosen bestraften Schmuggler streng, wenn Nahrungsmittel aus ihrer Zone gebracht werden sollten. Die größte Strafe würde sein, wenn man ihnen den Rucksack mit den gerade erstandenen Kostbarkeiten abnehmen würde. Aber auch an der sogenannten grünen Grenze ging alles gut.

Manchmal fuhr sie mit dem Zug ins Münsterland zu den großen Bauernhöfen. Sie versuchte, Kleidungsstücke, ein Handtuch, ein Stück Seife, Dinge die in ihrem Haushalt noch vorhanden war, einzutauschen. Dabei gab es Demütigungen durch die Bauersfrauen, Streit mit anderen „Hamsterern", und oft auch vergebliche Fahrten, bei denen sie nichts hatte tauschen können und mit leeren Händen zurückkam. Manchmal wunderte sie sich über sich selbst. Sie hatte nicht gewusst, dass sie sich solche Strapazen und die Demütigungen der Bettelei zumuten könnte.

Die junge Frau der Mitbewohner machte es sich leichter. Sie öffnete das Fenster, setzte sich auf die Fensterbank und wartete, bis sie ein Engländer, der aus seiner nahe gelegenen Kantine kam, ansprach. Oft bekam sie ein weißes Brot oder etwas anderes Essbares. Was genau sie dafür leisten musste, wollte Katharina gar nicht so genau wissen.

Bald musste sie die werkseigene Wohnung, in der so viele Jahre gelebt hatten, verlassen, weil sie keinen Anspruch mehr darauf habe, wie die Wohnungsverwaltung der Zeche ihr mitteilte. Auch wenn sie wegen der zwangsweise in ihre ursprünglich eigene Wohnung eingewiesenen Familie nur noch zwei Zimmer bewohnen konnten, empfand sie den Rauswurf als Demütigung. Sie war mit ihren Kindern so unwichtig geworden, dass die Wohnungsverwaltung ihr eine Familie vor die Nase setzte, die für die Zeche wertvoller war, weil der Mann dort arbeitete. Auch ihren „bombengeschädigten" Mitbewohnern wurde gekündigt. Sie fanden eine Unterkunft in der Nachbarschaft, allerdings im dritten Stock, sodass nicht mehr auf der Fensterbank um Brot gebettelt werden konnte.

Ein wohlmeinender, ehemaliger Kollege von August hatte sich dafür eingesetzt, dass sie mit ihren Kindern in die Abstellmansarden im gleichen Haus ziehen durfte. Einige Innenmauern waren eingestürzt und die Dachfenster waren mit Brettern vernagelt, aber sie waren bewohnbar, ein kostbares Gut in jener Zeit. Nachdem die groben Schäden von Zechenarbeitern notdürftig ausgebessert waren, beseitigte sie so gut es ging die Brandspuren und reinigte die ihr zugewiesenen Räume. In Zeiten der allgemeinen Wohnungsnot war sie trotzdem froh, ein Dach über dem Kopf zu haben.

Das zuständige städtische Wohnungsamt, das den Mangel verteilte, hätte ihr ohnehin nicht helfen können.

Katharina musste ihre Familie alleine durchbringen. Sie versuchte es, so gut es ging. Gut ging es nicht, die Kinder hungerten trotz ihrer Hamsterfahrten oft und hatten kaum noch etwas anzuziehen. Sie waren aus allem herausgewachsen, zumal in den Kriegsjahren auch nur das Nötigste vorhanden gewesen war. Nach Kriegsende war der Mangel noch größer geworden. Sie selbst war noch weiter abgemagert und litt häufig mit großen Schmerzen an Gelenkrheuma, das sie sich als Kind nach einer Halsentzündung zugezogen hatte und das immer mal wieder ausbrach. Viele Wochen musste sie im Bett bleiben und konnte sich kaum bewegen.

Die Kinder oder manchmal auch Luise versuchten, sie zu pflegen und dabei den Haushalt zu versorgen. Ihre Schwiegermutter Ida half, wo sie konnte. Aber auch sie merkte bald, dass sie mit drei hungrigen Kindern schnell an ihre Grenzen stieß. Sie war froh, dass sie wenigstens mit ihrer Nähmaschine aus einem alten Militärmantel und einer Jacke Kleidungsstücke für die Kinder herstellen konnte. Besonders die beiden älteren Mädchen waren in einem Alter, in dem sie schnell aus allem herauswuchsen.

Eines Tages kam eine junge Frau zu Besuch und stellte mit „schöne Grüße von Schwester Margot" einen Karton auf den Tisch. Ohne weitere Erklärungen verabschiedete sie sich und verließ das Zimmer. Verblüfft und zögerlich öffnete Katharina die Verschnürung. Ungeduldig und neugierig warteten die Kinder auf mögliche Kostbarkeiten. In dem Karton fanden sie eine Dose Milchpulver, ein Paket Zwieback, zwei kleine Dosen Cornedbeef und ein grünes Wollkleid mit himbeerfarbenen Knöpfen. „Eine richtige Schatzkiste", staunten sie. Am liebsten hätten sie die

Zwiebacktüte gleich geöffnet. Aber Katharina griff schnell danach. „Die teilen wir uns ein". Dann nahm sie auch die anderen ,Schätze' und verschloss sie im Küchenschrank.

Katharina wusste, dass die evangelische Gemeinde Spenden aus Amerika für die notleidende deutsche Bevölkerung erhielt. Eigentlich verstand sie die Amerikaner nicht so recht. Schließlich hatten sie als Feinde im Krieg gegeneinander gekämpft. Und jetzt unterstützten sie die Bevölkerung mit solchen Spenden? Halfen ihnen gegen den Hunger? Sammelten Kleidung? Als die beiden älteren Kinder dann einige Monate später wieder die Schule besuchen konnten, bekamen sie dort bald darauf sogar eine sogenannte „Schulspeisung", eine Suppe mit Nudeln, Kartoffeln oder Hülsenfrüchten und manchmal sogar einige Stücke Fleisch darin. Auch dafür musste sie dankbar sein. Sie wusste, dass die Suppen von den Quäkern, einer christlichen Gemeinde in Amerika, gespendet wurden. Im Krieg war doch gesagt worden: „Wir müssen siegen, sonst werden sie uns vernichten." Und „alle anderen sind schlecht, nur wir sind die Guten, die Herrenrasse". Jedenfalls gab es in Amerika Menschen, die helfen wollten. Und das waren wohl gar nicht so wenige. Katharina war dankbar für die Spende, die Schwester Margot ihr hatte bringen lassen. Aber sie wäre niemals von sich aus zum Gemeindehaus gegangen und hätte ihre Lage geschildert und um Unterstützung gebeten. Betteln nannte sie das. Natürlich wusste man in der Gemeinde, dass sie während des Krieges aus der Kirche ausgetreten und ,gottgläubig' geworden war. Obwohl sie sich sehr über die Lebensmittel freute, war ihr der Besuch der jungen Frau über alle Maßen peinlich. Aber trotzdem! Jetzt konnte sie doch vielleicht einmal eine Milchsuppe für die Kinder kochen. Die Kinder gingen unbefangener an die Spende heran. Sie konnten kaum erwarten, dass Mutter die Zwiebacktüte öffnete. Vielleicht könnte man sich sogar etwas Cornedbeef auf eine Zwiebackschnitte legen; Ingrid passte das Kleid fast, und Oma in Essen würde es tragbar machen. Die himbeerfarbenen Knöpfe sollten weg und durch andere ersetzt werden.

Katharina gestand sich ein, dass sie lernen musste, Hilfen anzunehmen und dankbar zu sein, auch wenn sie von der Kirche kamen, die sie in schweren Zeiten im Stich gelassen hatte. Immer häufiger dachte sie darüber nach, warum sie damals so schnell zugestimmt hatte, als August ihr den Austritt aus der evangelischen Kirche nahegelegt hatte, und sie beide ‚gottgläubig' geworden waren. Eigentlich war sie ihm immer schon in allem gefolgt, was er vorgeschlagen hatte. Aber anders kannte sie das auch nicht: Männer versorgten die Familie und entschieden im Sinne der Familie und zu ihrem Wohl. Und so war es auch bei ihnen gewesen. Sie besprachen zwar die Probleme, und August fragte sie nach ihrer Meinung. Aber dann entschied er das weitere Vorgehen. So hatte sie es auch immer akzeptiert und für richtig gehalten. Bei ihren Eltern war es ebenso gewesen.

Aber in dieser Frage der Gottgläubigkeit hätte sie sich doch mehr widersetzen müssen, dachte sie. Inzwischen hatte sie viel entscheiden müssen, weil sie während des Krieges auf sich gestellt war. Sie und die Kinder waren allein gewesen, und es war selbstverständlich, dass sie bestimmte, was als Nächstes zu tun war. Sie hatte die Erfahrung gemacht, dass sie durchaus in der Lage war, zum Wohle der Familie zu handeln, ohne dass August alles letztlich entschied. Warum hatte sie damals nur so schnell nachgegeben?

War es nicht bei ihren Eltern genau s gewesen? Schließlich wäre sie jetzt katholisch, wenn ihre Mutter sich damals gegen ihren Mann hätte durchsetzen können. Aber sie war evangelisch geworden, weil ihr Vater es so wollte. Zwar hatte ihre Mutter sie heimlich die katholischen Gebete und Lieder gelehrt, die Liturgie der Messe und die wichtigsten Dogmen, aber die evangelischen Glaubensvorstellungen ihres Vaters waren ihr näher geblieben.

Auch war Katharina immer davon ausgegangen, dass August ihr durch seine Ausbildung überlegen, dass er klüger war. Aber offensichtlich waren seine Entscheidungen nicht immer die richtigen gewesen. Wie hätte er sich sonst bedingungslos den Nazis anschließen, wie so vielen falschen Freunden vertrauen können? Und warum wohl sollte August in religiösen Fragen besser entscheiden können? Damals hatte sie sich die Frage nach dem Austritt aus der Kirche mit allerlei Gründen und unwichtigen Ausreden leicht gemacht und war August auch deshalb zu schnell gefolgt. Sie hatte sich alles so eingeredet, wie es für sie am bequemsten war.

Eine wichtige Folge für die ganze Familie wurde, dass Ingrid Schwester Margot im Kindergarten besuchte. Schließlich musste man sich bedanken. Katharina schickte Ingrid vor. Sie hatte dies gern übernommen, und Katharina konnte sich einreden, dass das eine gute Lösung, und es wirklich nicht nötig sei, dass sie beide diese Aufgabe übernahmen. Ingrid hatte gute Erinnerungen an ihre Kindergartenzeit bei Schwester Margot und fühlte sich für das Verhalten ihrer Eltern nicht verantwortlich, obwohl sie selbst auch gottgläubig geworden war, selbstverständlich ohne gefragt zu werden. Schließlich war sie damals noch ein kleines Kind gewesen.

Schwester Margot hatte sich nicht verändert. Sie begrüßte Ingrid herzlich und erzählte ihr fröhlich, dass sich wieder einige Kinder in Kindergarten eingefunden hatten. „Wir haben erst nur zwei kleine Räume, aber wenn wir mehr werden, finden wir schon noch eine Lösung." Und sie erzählte, dass sich in dem nur teilweise von den Bomben zerstörten Gemeindehaus einige Mädchen einfanden, die Schwester Margot zu einem Mädchenkreis zusammengefasst hatte.

Man traf sich wöchentlich um zu spielen, sich etwas zu erzählen, aber auch aus der Bibel zu lesen und sich damit auseinander zu setzen. „Das wird dir sicher auch gefallen", lud sie Ingrid ein. Da die Schulen noch geschlossen waren und Ingrid viel Zeit und sie auch noch keine Freundinnen gefunden hatte, wartete sie nicht lange und fühlte sich dort bald sehr wohl und übernahm Aufgaben in der Gemeinde. Zum Beispiel wurde sie Helferin im Kindergottesdienst und interpretierte jeden Sonntag mit den Kleinen die biblischen Geschichten.

Katharina begrüßte die Kontakte ihrer Tochter und überwand nach einiger Zeit ihre Vorbehalte. Sie besuchte die Elternabende des Mädchenkreises, kam zu Theateraufführungen, in denen auch die Mädchen mitwirkten und ging gelegentlich mit Ingrid am Sonntagmorgen zu einem Gottesdienst, der im Gemeindehaus stattfinden musste, weil die Kirche zerstört war. Schwester Margot konnte sie aber nicht bewegen, in die Bibelstunden der Frauengruppe zu kommen. Sie fürchtete frömmelndes Gehabe und wahrscheinlich schämte sie sich, dass sie eine „Nazifrau" gewesen war. Vielleicht sogar würde man sie auffordern, sich für ihr Verhalten in der Nazizeit zu rechtfertigen. Auch sie wusste inzwischen, dass viele aktive Mitglieder der Kirchen in den zwölf Jahren, in denen Hitler geherrscht hatte, großes Leid erfahren hatten. Wer konnte schon sagen, was da noch alles ans Licht kommen würde. Katharina wunderte sich manchmal, wie freundlich Schwester Margot und auch Frauen, denen sie in der Gemeinde begegnete, ihr entgegen kamen. Ob es tatsächlich diese Liebe und Barmherzigkeit gab, von denen der Pastor in den Sonntagspredigten immer redete? Oder tuschelten sie hinter ihrem Rücken, dass sie noch immer gottgläubig war?

Es wurde verabredet, dass Ingrid im nächsten Frühjahr konfirmiert werden sollte. Die Schwierigkeit bestand darin, dass die Familie kein Mitglied der Gemeinde war, sondern immer noch gottgläubig. Also musste eine Entscheidung gefällt werden.

Katharina war inzwischen selbstbewusster und selbständiger geworden. Sie wusste, dass sie auch ohne Einkommen und mit den paar Lebensmittelmarken ihre drei Kinder versorgen konnte. Energisch übernahm sie die Entscheidungen für die Familie.

Das war nicht immer einfach. Sie lernte, dass alles, was sie früher nur ihrem Mann zugetraut hatte, auch von ihr selbst bewältigt werden konnte.

Die Ergebnisse ihrer Überlegungen machten es ihr bald selbstverständlich, dass sie, ohne ihren Mann um Rat fragen zu können, entschied, wieder Mitglied der evangelischen Kirchengemeinde zu werden. Bei einem der Abende im Gemeindehaus bat sie Schwester Margot um Hilfe, und bald schon fand ein Gespräch mit dem neuen Pfarrer statt. Sie verabredete mit ihm einen Termin für die feierliche Wiederaufnahme in den Schoß der Kirche und die Taufe für die jüngste Tochter Karin.

Katharina wurde zugestanden, dass die Feierlichkeiten nicht vor der gesamten Gemeinde stattfinden sollten, sondern im Anschluss an den Gottesdienst an einem Sonntagvormittag. Sie trat mit ihren drei Kindern vor den Altar, die Kerzen brannten noch vom gerade beendeten Gottesdienst, der Pastor sagte einige Sätze zu den schlimmen vergangenen Jahren der Verblendung und zu den Abwegen, auf die viele Menschen geraten seien und las aus der Bibel die Geschichte vom verlorenen Sohn vor. Katharina erneuerte ihr

Versprechen, das sie damals bei ihrer eigenen Konfirmation gegeben hatte, ein gutes Mitglied der Gemeinde zu werden. Und so wurde Katharina ohne viel äußeres Aufheben mit ihren drei Töchtern wieder in den Schoß der evangelischen Kirche aufgenommen. Sie fühlte sich erleichtert und war sicher, dass sie richtig gehandelt hatte.

Im nächsten Frühjahr wurde Ingrid in der evangelischen ,reformierten' Gemeinde konfirmiert. Die evangelische Verwandtschaft war anwesend und schien froh und sehr einverstanden, dass dieses Kapitel von Katharina so energisch und schnell abgeschlossen worden war.

Ingrid war in der christlichen Lehre unterwiesen worden. Der Kirchenvorstand war zufrieden mit den Konfirmanden. Am Donnerstag vor der Konfirmation hatten die Konfirmanden mit ihren Eltern und Paten gemeinsam das Abendmahl eingenommen, nachdem sie zuvor eine kollektive Beichte abgelegt hatten. Auch Katharina hatte seit vielen Jahren zum ersten Mal wieder am Ritual des Abendmahls mit Brot und Wein teilgenommen. Mit niemandem sprach sie darüber, was sie dabei bewegt, was sie sich vielleicht vorgenommen und was sie sich und ihrem Gott dabei versprochen hatte. Ihre Beziehung zur Kirche hatte sie zwar geregelt, aber über ihre Vorstellungen von ihrem persönlichen Verhältnis zu den wirklichen Glaubensfragen sprach sie mit niemandem, auch nicht mit ihren Kindern. Es wäre ihr zu intim gewesen,

Katharinas katholische Kusine Maria wagte keinen Einwand, und Tante Treschen, die damals sich so sehr um das Seelenheil von Katharinas Mutter gesorgt hatte, war inzwischen verstorben. Katharina hatte die vermeintlichen oder wirklichen Zwänge der katholischen christlichen Lehre hinter sich gelassen. Sie zeigte sich immer wieder als eine gute Schülerin ihres Vaters, hatte aber auch alle seine Vorurteile verinnerlicht. Alle bildhaften Feierlichkeiten im Gottesdienst waren ihr zuwider. Als sie einmal einen lutherischen Gottesdienst besucht hatte, der mit üppigeren Ritualen als die reformierte Gemeinde ausgestalte wurde, meinte sie: „Da kann man auch gleich in die katholische Kirche gehen." Für sie war ihre Cousine Maria aus Duisburg, mit der sie bis zu deren Tode im hohen Alter liebevoll verbunden war, der Inbegriff katholischer Dummheit, was auch dadurch möglich wurde, dass Maria eben diese Vorurteile durch ihre Äußerungen und ihr Verhalten immer wieder bestätigte.

14.

Der erste Winter nach Kriegsende war sehr kalt. Die Leute sprachen vom kältesten Winter seit vielen Jahren. Tief vermummt hasteten die Menschen durch die Straßen und kamen danach wieder in ihre schlecht geheizte Unterkunft zurück. Heizmaterial war knapp. Kohlen gab es kaum. Männer fällten in den Parks die letzten noch vorhandenen Bäume und hackten sich das Holz für ihre Öfen zurecht. Zentralheizungen waren stillgelegt, weil schon lange kein Koks mehr aus der Kokerei geliefert wurde. Frauen sammelten Holz aus den Trümmern. Auch Katharina und die Kinder saßen oft frierend in ihre Mäntel und Tücher eingehüllt in ihren Dachmansarden. Das Elend wollte kein Ende nehmen.

Dabei ging es Ingrid noch am besten. Sie konnte sich in einen Mantel aus dickem Wolltuch wickeln. Luise hatte einen grünen Militärmantel von einem ehemaligen Soldaten geschenkt bekommen und gleich in der Färberei, in der sie neuerdings arbeitete, dunkelblau färben lassen, damit man ihm seine Herkunft nicht ansah. Katharina wusch ihn, trennte ihn auseinander und bügelte sorgfältig die einzelnen Stoffteile. Schwester Margot hatte ihr einen Mann ans Herz gelegt, der dringend tagsüber ein Zuhause brauchte. Er war Schneider und fertigte aus dem Stoff für Ingrid einen Mantel an. Als Lohn verlangte er kaum etwas, aber er bat darum, ab und zu etwas zu essen zu bekommen Das war für Katharina schwierig und eine neue Herausforderung. Die Kinder konnten sich lange nicht an ihn gewöhnen und betrachteten ihn staunend. Er war verwachsen und sehr klein, hatte einen Buckel, und so lange Arme, dass sie bis auf die andere Seite des Tisches reichten. Wegen seines gedrungenen Oberkörpers konnte er kaum auf den Tisch sehen. Obwohl sie Mitleid mit ihm hatten, waren sie alle froh, als der Mantel fertig genäht war, und er in eine andere Familie wechselte.

Morgens mussten sie oft „Schlange stehen", wenn am Vortag bekannt geworden war, dass es Brot in ihrem Lebensmittelgeschäft geben würde. Da aber jeder wusste, dass das Brot nicht für alle Käufer reichen würde, stellte man sich trotz der Kälte bereits Stunden vor der Öffnung vor den Laden. Schon um fünf Uhr morgens bildete sich eine lange Schlange von Menschen, die alle auf die Öffnungszeit warteten. Manche lösten sich auch gegenseitig ab und standen so nur einen Teil der Zeit. Das machten auch Katharina und Ingrid. Sie richteten es so ein, dass Katharina anwesend war, wenn das Geschäft öffnete. Sie konnte sich dann besser gegen die verzweifelt drängelnden Frauen wehren. Jeder wusste, dass die Letzten in der Schlange leer ausgehen würden. Das Brot wurde so sehr dringend in den Familien gebraucht. Die Menschen waren verzweifelt. Der Winter schien kein Ende nahmen zu wollen. Aber dann, im späten Frühjahr schmolz der Schnee und das Eis, die Temperaturen stiegen, die Luft wurde lau und die Sonnenstrahlen schienen durch die Mansardenfenster und brachten Wärme.

Bald konnte Katharina die Wäsche zum Trocknen wieder im Garten aufhängen. Sie war gerade dabei, die Leine von einem Pfosten zum anderen zu spannen, als die Nachbarin auf sie zulief und dabei aufgeregt eine Postkarte in der Hand schwenkte. „Sie ist vom Roten Kreuz", rief sie schon von weitem. Jeder wusste, dass das Rote Kreuz sich um Kinder kümmerte, die während der Flucht abhanden gekommen waren, und um Kriegsgefangene, die sich aus irgendeinem

Lager gemeldet hatten und nicht wussten, wie sie ihre Familien erreichen konnten, um ihnen ein Lebenszeichen zu senden. Es gab aber auch Benachrichtigungen, die nur noch den Tod melden konnten. Als sie auf die Karte blickte, sah sie sofort, dass es Augusts Schrift war. Sie setzte sich auf die noch feuchte Wiese, weil die Knie zu zittern begannen. Es waren nur wenige Worte: „Ich lebe - hoffe bald nach Hause zu kommen". Darunter stand in Druckschrift: „Durch Deutsches Rotes Kreuz, La Rochelle". „Er lebt", sagte sie immer wieder, bis sie das Schluchzen nicht mehr unterdrücken konnte.

Fünfzehn Monate nach dem Ende des Krieges kam Katharinas Ehemann aus der Internierung zurück, körperlich und seelisch krank. August hatte Hungerödeme, seine Beine und sein ganzer Körper waren aufgedunsen von Wasseransammlungen, seine Zähne waren ihm ausgeschlagen worden. Demütigungen, die ihm widerfahren waren, hatten ihn ängstlich und menschenscheu gemacht. Im Lager Sachsenhausen war ihm das Elend vorgeführt worden, das die Nazis den Menschen im KZ angetan hatten. Die Erkenntnis des wahren Charakters des Regimes, dem er viele Jahre hinterher gelaufen war, hatten ihn entsetzt und sein Schuldigwerden vielleicht erkennen lassen. Er war 39 Jahre alt und ein verbitterter alter Mann.

Die Kinder begegneten ihm scheu. Sie wagten kaum, ihn anzusprechen. Zu sehr war er ihnen fremd geworden. Und er war ein Esser mehr. „Er bekommt wie wir auch Lebensmittelmarken", wies Katharina sie zurecht. Die Mansarde musste umgeräumt werden. Die Eltern beanspruchten nun das Schlafzimmer. Die beiden jüngeren Mädchen, die im zweiten Ehebett geschlafen hatten, mussten in ein Etagenbett umziehen, das Katharina irgendwo aufgetrieben hatte. Es gelang, ein winziges Zimmerchen auf dem Trockenboden zusätzlich zu bekommen, in dem Ingrid untergebracht wurde.

August erholte sich mit der Zeit, die Wasserschwellungen am Körper gingen zurück, und ein Zahnarzt kümmerte sich um die Reparatur seiner Zähne. Er wurde in die Entnazifizierungsgruppe 3 eingestuft und unterlag dem Arbeitsverbot für Nazis, das erst vier Jahre später aufgehoben werden sollte. Er hatte keine Arbeit und deshalb auch keinen Lohn, mit dem er seine Familie unterstützen konnte. Zeitweise fand er Verdienstmöglichkeiten bei seinen ehemaligen Nazikumpeln. Alle seine Bemühungen, der Familie ein bescheidenes Auskommen zu gewährleisten, reichten nicht aus. Katharina half, wo sie konnte. Aber einen Beruf konnte sie nicht ergreifen, sie hatte nichts gelernt, und es gab immer mehr Männer, die aus der Gefangenschaft zurückkamen und in ihre alten Arbeitsplätze zurückdrängten. Hinzu kamen die Flüchtlinge aus dem Osten Deutschlands, die vertrieben worden waren oder im Westen bessere Möglichkeiten suchten. Das Wirtschaftsleben kam nur sehr langsam in Gang. Auf der Zeche konnte August nicht mehr eingestellt werden. Alles andere wäre ohnehin nur als eine Art Schwarzarbeit möglich gewesen, da er offiziell nicht arbeiten durfte. Die Not der Familie war groß.

Er ließ niemanden wissen, ob er sich Vorwürfe und Sorgen machte, Keiner wusste, ob er Schuldgefühle hatte. Mit keinem sprach er darüber. Wenn seine Mutter ihn besuchte, saß er mit ihr am Tisch, sagte nichts, das von den alltäglichen Mitteilungen abwich. Aber auch seine Mutter wagte nicht, ihn nach seinen inneren Nöten zu fragen. Es war nicht zu übersehen, dass er bedrückt war Sie hatte sich manchmal mit Katharina unterhalten, ob es tröstlich für ihn sei, wenn man ihm zuredete, sich wieder der evangelischen Gemeinde zuzuwenden. Seine Mutter selbst war streng und schnörkellos gläubig, aber sie konnte ihm nicht helfen.

Wie es allgemein nach dem Krieg üblich war, stürzte man sich in ein lautes und hektisches gesellschaftliches Leben. Auf jede Möglichkeit, irgendetwas zu feiern, wurde zurückgegriffen. Geburtstage wurden mit viel Alkohol bei allen möglichen Freunden begangen, wobei das Festessen ausfallen musste, weil wenig Nahrungsmittel vorhanden waren. Den Schnaps brannten viele selbst, obwohl es verboten war und streng bestraft wurde. Karneval, das man früher nur am Rande wahrgenommen hatte, wurde an mehreren Tagen reihum im Freundeskreis ausgelassen und mit viel Lärm begangen. Aber all diese laute aufgesetzte Fröhlichkeit konnte nicht darüber hinwegtäuschen, dass die Menschen unter dem äußeren Bild der Ausgelassenheit ihre Traurigkeit und ihre quälenden Gedanken zu verbergen suchten. So auch August.

15.

Das Fest war laut gewesen und hatte bis in die frühen Morgenstunden gedauert. August ging es nicht gut, und das hatte nicht nur der reichliche Alkoholkonsum des Vorabends bewirkt. Stumm und in sich versunken saß er am Tisch. Er haderte mit sich selbst, mit seiner Unfähigkeit, die Familie zu versorgen, mit seiner Leichtgläubigkeit in der Vergangenheit. Katharina ahnte seine Gedanken und wagte, ihn anzusprechen. „Seitdem ich wieder in die Kirche eingetreten bin, geht es mir besser." August sah nur kurz auf, als habe er sie nicht verstanden. „Meinst du nicht, dass du auch wieder zurückkehren solltest?" August äußerte sich nicht. „Auch deine Mutter würde sich sehr freuen, wenn du diesen Weg zurückfändest", fügte sie noch hinzu. August wendete sich zur Seite, sagte aber nichts. Aber einige Tage später setzte Katharina noch einmal nach: „Es könnte ja auch sein, dass es für die ganze Familie besser ist, wenn du nicht mehr nur gottgläubig wärst, sondern ein ganz normaler evangelischer Christ?" Er antwortete wieder nicht. Aber Katharina hatte Geduld.

Einige Zeit danach fragte er Katharina beiläufig, als er am Tisch saß und an einem Radiogerät bastelte, wie die Wiederaufnahme bei ihr und den Kindern gewesen sei und was man von ihr verlangt hatte. Katharina erzählte ihm von dem Tag, als sie nach dem Gottesdienst mit den Kindern am Altar gestanden, der Pastor einige Sätze gesagt hatte und dass sie seitdem wieder unbefangen ins Gemeindehaus gehen könne. „Ich fühle mich wieder so wie vor dem Krieg, als wir noch normal gelebt haben und nicht darüber nachdenken mussten, ob es richtig oder falsch ist, dass wir Mitglieder der evangelischen Kirche sind." Dass das Bewusstsein der Schuld, den Nazis kritiklos hinterher gelaufen zu sein, oder sogar Vieles für richtig gehalten zu haben, damit auch verringert werden würde, glaubte sie nicht. Aber das behielt sie für sich.

Einige Zeit nach diesem Gespräch konnte sie ihn endlich überreden, mit ihr gemeinsam ins Gemeindebüro zu gehen und seine Wiederaufnahme zu beantragen. Es entwickelte sich ein Gespräch mit dem Pastor und August sprach zum ersten Mal darüber, wie man ihn damals überredete, sogar nötigte, aus der Kirche auszutreten. „Ich habe das ja alles für richtig gehalten", fügte er noch leise hinzu. Dann aber wendete er sich schnell den Formalitäten einer Wiederaufnahme zu. Als der Pastor merkte, dass August sich nicht entschließen konnte, weil er die Öffentlichkeit fürchtete ahnte er, wo die Ursache zu suchen sei. Er ließ sich nicht darauf ein, dass Augusts Wiederaufnahme auf einen reinen Verwaltungsakt im Kirchengemeindebüro beschränkt wurde, aber er schlug ihm vor, die kleine Zeremonie in einer Nachbargemeinde durchzuführen, wo August nicht damit rechnen musste, dass er von Bekannten gesehen wurde.

Katharina konnte ihn nach diesem ersten Schritt, der ihn so viel Überwindung gekostet hatte, endgültig überzeugen, dass es für ihn und die Zukunft der ganzen Familie besser sei, dass auch er seinen „gottgläubigen" Status aufgab. An einem winterlichen Sonntag im Jahr 1946 wurde August im Beisein seiner Frau und seiner Mutter wieder in die evangelische Kirche aufgenommen. Keine Verwandten und Freunde, nicht einmal seine Kinder waren bei dem feierlichen Akt anwesend.

August sprach später nie mehr über seine Motive zur Rückkehr in die Kirche. Hatte er es nur seiner Frau zuliebe getan? Hatte er vielleicht doch seine Verblendung erkannt?

Begann er darüber nachzudenken, dass er Schuld auf sich geladen hatte, als er ohne nachzudenken hinter Hitlers Parolen hergelaufen war? War er wirklich wieder ein Christ geworden, zu dem er von klein auf erzogen worden war?

Augusts älteste Tochter war inzwischen fest in der Hand von Schwester Margot. Diese versuchte sogar zeitweise, sie zu überzeugen, dass Gott den ganzen Menschen wolle und dieses Ziel am besten erreicht werden könne, wenn man in ihrem Mutterhaus Kaiserswerth Diakonisse werden würde. Manchmal unterhielt sich Ingrid mit Katharina über die Vorschläge, die Schwester Margot gemacht hatte. „Jetzt gehst du ja erst einmal zur Schule, und wenn du dein Abitur hast, kannst du immer noch überlegen, was für eine Bestimmung du für dein Leben hast." Aber insgeheim machte Katharina sich Sorgen. Sie konnte sich ihre Tochter nur schwer als evangelische Nonne vorstellen.

August hielt sich aus diesen Gesprächen heraus. Er sprach überhaupt nicht mehr über seine Rückkehr in die Kirche. Er sprach auch nicht über seine Erlebnisse während der Gefangenschaft in den Internierungslagern nach dem Ende des Krieges. Auch wenn Katharina über Ereignisse aus den harten letzten Jahren berichtete, wurde er einsilbig. Sie hatte wohl so manches Gebet zu ihrem Gott geschickt und um Hilfe gebeten, als sie, völlig allein auf sich gestellt, die drei Kinder durch die schwere Zeit der Evakuierungen, die gefährlichen Fahrten in den Viehwaggons der Reichsbahn, den Hunger in der ersten Zeit nach dem Krieg, die Armut und die Demütigungen als Frau eines „Nazis" bewältigen und ertragen musste. Es verletzte sie, wenn August dazu kein Wort des Verständnisses und des Trostes hervorbrachte. „Er hat zu viel Schlimmes gesehen und selbst durchgemacht und er schämt sich, weil er ein Nazi war", versuchte seine Mutter Ida sein Verhalten zu erklären.

Manchmal wenn Ida und Katharina sich über die neuen Beziehungen Katharinas und der Kinder zur evangelischen Kirche unterhielten, stand er wortlos auf und machte sich an irgendeiner Bastelei, die er begonnen hatte, zu schaffen. Die Frauen sahen ihm traurig nach, wagten aber nicht, ihn anzusprechen.

An einem Spätsommertag pflückte er Tabakblätter von den Pflanzen, die er in einer kleinen Ecke des Gartens neben dem ehemaligen Kaninchenstall gepflanzt hatte. Die anderen Hausbewohner ließen ihn gewähren, da der Garten ohnehin in den letzten Jahren verwahrlost war, ungepflegt und unbebaut zu nichts anderem zu gebrauchen. Ingrid half ihm, die Blätter auf einen Faden aufzufädeln. Sie sollten auf dem Boden zum Trocknen aufgehängt werden. Später würde er die Blätter in feine Streifen schneiden und aus dem so gewonnenen Tabak seine Zigaretten drehen.

Ingrid erzählte ihm begeistert, wie die Mädchen aus dem Mädchenkreis bei Schwester Margot sich vorgenommen hätten, am nächsten Sonntag nach dem Gottesdienst an der Tür des Gemeindesaals Zettel an die Besucher zu verteilen, auf denen sie um Kinderkleider bitten wollten, die dann Schwester Margot an die Bedürftigen im Kindergarten ausgeben konnte. „Weißt du, wenn man Christ ist, muss man mit Liebe helfen, wo man kann", schwärmte Ingrid begeistert von der neuen Aufgabe. August schwieg zunächst. Aber dann konnte er wohl doch nicht mehr an sich halten. „Warte nur, bis du älter bist, dann wird dir das fromme Getue schon noch ausgetrieben", brach es plötzlich aus ihm heraus. Ingrid sah ihn erschrocken an, aber er drehte sich gleich weg und tat, als ob er eine besonders schwierige Pflanze zu bearbeiten hätte. Aber dann sagte er lauter, als es sonst seine Art war: „Wenn das alles mit der Religion und der Kirche so richtig wäre, warum ist das denn alles so passiert? Warum hat dann dein Gott nicht den Krieg und das ganze Elend verhindert?" Er nahm seine Pflanzenschere und ging schnell ins Haus.

Ingrid wagte nicht, ihn später noch einmal auf seine Äußerungen anzusprechen. Sie sprach auch nicht mit Katharina darüber, weil es ihr peinlich war, dass sich ihr Vater so aufgeregt und laut und auch ein wenig hilflos geäußert hatte. Noch lange war sie gekränkt, dass er ihre tief empfundene Religiosität als oberflächlich und kurzfristig einschätzte. Außerdem wusste sie, dass er Unrecht hatte. Es war nicht Gott gewesen, der ihn Nazi hatte werden lassen und der Menschen dazu gebracht hatte, den furchtbaren Krieg zu beginnen und Millionen von Menschen zu ermorden. Schließlich waren die Menschen frei, sich zu entscheiden. Und sie waren es, die sich für das Böse entschieden hatten. Katharina hätte es vielleicht geholfen, wenn sie auf diese Weise erkannt hätte, warum August so verschlossen war, und warum er sich mit der Rückkehr in die Kirche so schwer tat.

16.

August suchte nach Möglichkeiten, wie er seine Familie unterstützen könnte. Er nahm Kontakte zu ehemaligen „Kameraden" auf. Einige fand er auf dem „Schwarzen Markt", wo inzwischen fast alles wieder zu haben war, während in den Geschäften die Regale immer noch leer blieben. Geld spielte dabei keine große Rolle, es war wertlos geworden. Es wurde mit Ware getauscht. Wer etwas Gleichwertiges zu tauschen hatte, konnte auf dem „Schwarzen Markt" fast alles „kaufen": Butter, Pelzmäntel, Medikamente, Radios, Werkzeuge und vieles mehr. Obwohl der Handel dort verboten war und streng kontrolliert wurde, drängelten sich viele Anbieter und Käufer und feilschten um die gewünschten Tauschobjekte. August hatte mehr aus Zufall einen Sack Zuckerrüben erstanden. Bezahlen konnte er mit einer Flasche Schnaps, den er inzwischen selbst brannte, was natürlich auch verboten, aber zu einem hervorragenden Tauschobjekt geworden war.. Aus einigen Holzlatten baute er eine Zuckerrübenpresse und stellte so einige Liter Sirup her, der als Brotaufstrich in der Familie begehrt war. Um die Rüben auf dem Küchenherd kochen zu können, brauchte er Kohlen,. Auch die konnte man gegen Schnaps eintauschen. Im Laufe einiger Jahre hatte er so einen Weg gefunden, wie er ohne Geld zu verdienen zum Unterhalt der Familie beitragen konnte.

Mit der Zeit wurde deutlich, dass Katharinas Gesundheit unter den Anstrengungen der letzten Jahre gelitten hatte. Sie verlor an Gewicht, fühlte sich oft matt und antriebsschwach. Sie erholte sich nur langsam von wiederholten fiebrigen Rheumaschüben, die ihr große Schmerzen bereitet hatten. Hinzu kam, dass ihre Migräneanfälle häufiger wurden, und sie deshalb oft kaum Schlaf finden konnte. Alle machten sich Sorgen. Luise schlug vor, für einige Wochen ins Sauerland zu entfernten Verwandten zu fahren. Für eine kleine Entschädigung würde man sie sicher überreden können. Sie wohnten in einem kleinen Dorf, wo sicher auch etwas mehr zu essen vorhanden war. Uschi würde bei Oma Ida in Essen wohnen, Ingrid hatte inzwischen eine Lehre begonnen und blieb mit August in den Mansarden. Die Jüngste, Karin, würde Katharina mitnehmen. Sie sah ein, dass alles geregelt werden konnte und willigte nach langem Zögern ein.

Drei Jahre nach dem Krieg gab es eine Währungsreform, das Geld war wieder etwas wert, und man konnte damit in allen Läden einkaufen, was das Herz begehrte, wenn man das Geld dazu hatte. Der erste Deutsche Bundestag trat in Bonn ein Jahr später zusammen und vieles wurde neu geregelt, was vorher durch die Siegermächte anders bestimmt worden war. Die allgemeinen Verhältnisse stabilisierten sich. Vom neuen Parlament wurden die Berufsverbote für ehemalige Nazis aufgehoben, so dass August sich wieder offiziell um Arbeit bemühen konnte.

Als Katharina aus dem Sauerland zurückkehrte, konnte er ihr stolz berichten, dass sein ehemaliger Vorgesetzter ihm einen Arbeitsplatz auf einer Zeche in Kamen verschafft hatte. Als Fahrsteiger würde er gut verdienen, die Kinder konnten dort das Gymnasium besuchen, die Familie würde von der Zeche eine geräumige Wohnung gestellt bekommen, und mit der Zeit würden sie die im Krieg zerstörten Möbel durch neue ersetzen können.

Katharina freute sich über diese Mitteilung, besonders wenn sie daran dachte, dass ihr Mann jetzt wieder eine richtige, ihm angemessene Arbeit gefunden hatte. ‚Vielleicht wird seine häufige Niedergeschlagenheit seltener, und er wird wieder so, wie er vor dem Krieg gewesen ist', dachte sie. Aber sie hatte auch Bedenken. Sie wusste natürlich, dass sie irgendwann aus diesen Mansarden wieder in eine normale Wohnung ziehen würden, und natürlich mussten sie zu einem auskömmlichen Leben zurückfinden. Darüber freute sie sich. Aber nach den vielen Jahren der Evakuierung während des Krieges wollte sie eigentlich keine großen Veränderungen mehr. ‚Musste der neue Wohnort denn so weit weg sein?'

„Warum denn nun Kamen?", fragte sie August etwas verzagt. Kamen lag weit weg am Ostrand des Ruhrgebietes, dessen Lage nicht mehr ihren Vorstellungen entsprach. „So weit weg von deiner Mutter und Luise. Das ist ja schon richtig Westfalen", meinte sie, „und nicht mehr Rheinland. Die Westfalen sollen ja so anders sein als die Rheinländer." Aber trotzdem war sie froh, dass es langsam wieder aufwärts gehen sollte.

Es bedeutete aber auch, dass für alle Familienmitglieder die persönlichen Beziehungen abgebrochen werden mussten. Das betraf nicht nur die Freundschaften und Bindungen der drei Kinder, sondern auch, dass Katharinas die neu gewonnenen Bindungen an die kirchlichen Angebote verloren gingen.

Etwas wehmütig verabschiedete sie sich gemeinsam mit ihren Töchtern von Schwester Margot und dem Pastor der Gemeinde. Sie würde die Gespräche mit ihnen vermissen und auch das angenehme Gefühl, sich bei ihnen verstanden zu wissen und willkommen zu sein. Aber die Freude auf ein hoffentlich besseres Leben in Kamen überwog bald ihre Skepsis, und sie machte sich verhalten fröhlich an die Vorbereitungen zum Umzug.

In Kamen wurden die drei Töchter im Gymnasium angemeldet. Der Schulwechsel brachte für die Kinder aber auch für die Eltern einige Schwierigkeiten. Der Unterricht in den Fremdsprachen, besonders in Latein, hatte früher begonnen als in der ehemaligen Schule, sodass die zum Teil recht großen Lücken mit Nachhilfestunden aufgeholt werden mussten. Ein nicht unerheblicher Kostenfaktor.

Die Kinder wurden freundlich von ihren Mitschülern und den Lehrern aufgenommen. Die meisten Schulbücher erhielten sie aus der Schulbibliothek. Es gab ohnehin noch nicht viele neue Schulbücher, da die alten aus der Nazizeit nicht mehr benutzt werden durften, und neue noch nicht konzipiert worden waren. So blieb wenigstens bei diesem Problem die Umschulung der Kinder ohne große Geldausgaben.

Die neue Wohnung war nicht ganz so, wie Katharina sich das gewünscht hatte. Die drei Mädchen mussten in einem Zimmer schlafen, und das Bad bestand nur aus einer Wanne und einem Kohlebadeofen, in einem winzigen Raum notdürftig neben der Küche eingerichtet. Hinter dem Haus gab es einen ehemaligen Schweinestall und einen großen Garten, der von einem Zechenarbeiter versorgt wurde. „Fast wie ein Bauernhof auf dem Land", dachte sie. Aber die tägliche finanzielle Not wurde geringer. Sie konnte ohne große Sorgen einmal in der Woche bei dem Metzger gegenüber vom Konsum einkaufen, und die Kinder mussten auch nicht mehr um jedes Schreibheft betteln. Eigentlich war sie doch ganz zufrieden. Die Wäsche konnte sie in einer Waschküche mit einem großen Kochkessel und einem Spülbassin bequemer waschen als in Oberhausen, als sie, auch im Winter, die Wäsche in das Scheunengebäude über den Hof tragen musste. Da sie immer noch sehr schwach war, stellte sie sogar nach einiger Zeit eine Frau ein, die ihr einmal in der Woche die schweren Arbeiten bei der Reinigung der Wohnung und an den Waschtagen abnahm.

In den ersten Jahren gab es keine Anlässe, die Katharina die Gelegenheit gegeben hätten, sich in irgendeiner Weise dem kirchlichen Leben wieder zuzuwenden. In ihrer Umgebung befand sich niemand, mit dem sie hätte sprechen können. Von sich aus unternahm sie nichts, um Kontakte zu knüpfen. August hatte seit dessen Wiederaufnahme in die Kirche damals in Oberhausen Gespräche über Fragen, die die Kirche betrafen, blockiert und völlig abgelehnt.

In ihrem neuen Bekanntenkreis, der hauptsächlich aus Augusts Arbeitskollegen und deren Frauen bestand, fand sie keinen wirklichen Anschluss. Es war üblich, dass die Frauen sich in gewissen Zeitabständen gegenseitig besuchten. Wenn Katharina die Frauen einladen musste, schämte sie sich wegen der noch immer armseligen Ausstattung ihres Haushaltes. Sie beklagte sich bei August: „Bei denen ist alles perfekt, wir haben kein passendes Porzellan und keine angemessenen Möbel wie die anderen alle." Auch wenn August sie dann tröstete: „Hier ist auch im Krieg nichts zerstört worden. Sie mussten sich nicht vollständig neu einrichten", überzeugte sie das nur wenig.

Sie störte aber auch, dass bei diesen Frauentreffen nur Gespräche über Alltagsfragen geführt wurden, und sich niemals ein Thema ergab, über das sie auch später noch nachdenken konnte. Sie hatte gehofft, dass sie unter den Frauen vielleicht auch eine treffen würde, mit der sie befreundet sein könnte, eine echte Freundin, mit der sie über alles offen sprechen könnte. Mit der sie vielleicht sogar einen Weg in die örtliche Gemeinde fände. eine kirchliche Gruppe, in der sie sich so gerne aufhielt wie damals bei den Müttern der Kindergartenkinder von Schwester Margot. Die Frauen hier waren evangelische Christen, aber die Religion und die fröhlichen Treffen Gleichgesinnter schien dabei die geringere Bedeutung zu haben.

Oft dachte sie an ihre Mutter und Tante Treschen. Ihnen waren die Glaubensfragen so sehr wichtig gewesen. Wie hatten sie beide gelitten, als Franziska ihren religiösen Verpflichtungen nicht mehr nachkommen konnte Von ihrem Vater hatte Katharina immer gehört, dass diese Verpflichtungen nicht verlangt werden, jedenfalls nicht die, die von den Katholiken gefordert wurden. Gab es sie überhaupt? Oder hatte sie vielleicht doch gewisse Verpflichtungen zu erfüllen? Aber da war sie sich sicher, es konnten nicht nur sonntägliche Kirchenbesuche und die Mitarbeit in entsprechenden Gruppen sein.

In den Gottesdiensten in Oberhausen hatte der Pastor Sprüche von der Kanzel aus der Bibel vorgelesen, dass Gott sich allen denen zuwenden würde, die ihn suchen. Oder „Wo nur zwei oder drei in meinem Namen versammelt sind, da bin ich mitten unter ihnen." So oder so ähnlich hatte sie es immer wieder gehört. Und das fand sie gut und tröstete sie. Sie nahm sich vor, wenigstens am Sonntag den Gottesdienst in der schönen alten Kirche in Kamen zu besuchen.

Als die jüngste Tochter Karin konfirmiert wurde, lernte sie die zuständige Pastorin kennen, von der sie mit Respekt und Anerkennung sprach. Manchmal wurde sie zu Hause von ihr besucht, sie unterhielten sich über Alltagsfragen, Katharina freute sich über ihre Besuche. aber sie konnte sich nicht überwinden, offen über ihre Wünsche zu sprechen. Als die Pastorin ihre Besuche einstellte, weil die Konfirmation vorüber war und kein Anlass mehr zu Besuchen bestand, trauerte sie zwar um diese verlorenen Gelegenheiten, wendete sich dann aber entschlossen den Alltagsfragen zu und fand mit der Zeit wieder zu ihrem ursprünglichen fröhlichen Wesen zurück. Ihr Verhältnis zur Gemeinde blieb distanziert und kühl. Nur selten besuchte sie an Sonntagen die Gottesdienste.

August machte sich offenbar kaum Gedanken über seine neue Zugehörigkeit zur kirchlichen Gemeinde. Augusts Verhalten kränkte sie. Sie liebte ihren Mann und besprach sich mit ihm über den Alltag betreffende Themen und über ihre gemeinsamen Sorgen, wenn es etwa um die Kinder ging. Wenn August über Probleme berichtete, die im Betrieb der Zeche aufgetreten waren, hörte sie ihm zu. Er teilte ihr seine beruflichen Schwierigkeiten und Befürchtungen mit. Aber er vermied alle Gespräche über religiöse Fragen, und die Gedanken, die sich Katharina dazu machte, interessierten ihn nicht. Katharina fasste seine Haltung als Vertrauensbruch auf. In dieser Frage blieb er ihr fremd und unnahbar.

Offensichtlich machte sich August darüber selbst keine Gedanken mehr. Für ihn war die „Sache" erledigt. Er hatte Katharina den Gefallen getan und war wieder Mitglied der evangelischen Kirche geworden, aber inhaltlich war er weit von den Glaubensfragen entfernt, mit denen sich Katharina nach seiner Meinung völlig ohne Grund befasste. Sie unterstellte ihm, dass die Fragen von Himmel und Erde bei ihm beschränkt blieben auf die Entstehungsgeschichte von Steinkohlen, ihre chemische Zusammensetzung und die Maschinen, Motoren und Geräte, die man brauchte, um sie zu fördern und die Industrie damit zu versorgen.

Eine der ersten größeren Anschaffungen, die er machte, war ein Auto. Er liebte sein Auto und pflegte es liebevoll. Er wusste, wie man es zum Laufen brachte und kannte die Mechanismen des Motors und des Getriebes. So funktionierte die Welt, und wenn man etwas nicht kannte, musste man es erforschen. An etwas glauben, das nicht nachweisbar war, kam für ihn nicht in Frage. „Was ich nicht sehen oder beweisen kann, gibt es nicht", sagte er manchmal.

Katharina liebte ihren Mann, freute sich über seine Erfolge und war stolz auf ihn. Aber manchmal dachte sie darüber nach, was sie sich damals vorgenommen hatte, als er noch nicht aus der Internierung zurückgekommen war und sie allein für die Familie die Entscheidungen fällen musste. Sie hatte gelernt, dass sie sich auch ohne August in der Welt zurechtfinden konnte. Aber was war nur danach mit ihr geschehen? August bestimmte und entschied inzwischen wieder alle die Familie betreffenden Fragen. Als sie ihn darum bat, endlich einen Schrank für das Wohnzimmer zu kaufen, damit sie Gläser und Geschirr hineinstellen konnte, antwortete er ihr: „Mit einem Schrank kann ich nicht Auto fahren." Sie hatte sich gefügt. Das Auto wurde gekauft und erst viel später ein Schrank, den sie sich so sehr gewünscht hatte, damit sie wieder ein richtiges Wohnzimmer hatten.

Das im Krieg und der Nachkriegszeit aufgebaute Selbstbewusstsein und die erworbene Entscheidungsfreudigkeit waren ihr abhanden gekommen, wie so vielen Frauen, die im Krieg die Familie unter schwierigen Verhältnissen durchgebracht hatten. Als ihre Männer nach dem Krieg zurückgekehrt waren, ließen sie sich wieder in ihre früheren Abhängigkeiten zurückfallen. Sie akzeptierten das Frauenbild in der Werbung, ja, sie eiferten ihm sogar nach. Demnach sei eine ihrer Hauptaufgaben, ihrem Ehemann ein gemütliches Zuhause zu bereiten, ihm die Sorgen des Alltags fernzuhalten, wenn er abends müde von der Arbeit nach Hause kam, und sich für ihn hübsch zu machen. Sie lackierten sich die Fingernägel, trugen hübsch wippende Petticoats unter ihren Röcken und stolzierten mit hochhackigen Schuhen neben ihren Ehemännern als hübsche Dekoration zu Veranstaltungen. Vergessen waren die Zeiten, als sie in Eigeninitiative den Schutt aus den Ruinen weggeräumt hatten und Wasser besorgt hatten, um sich und ihre Kinder baden zu können.

Augusts Mutter Ida bewunderte ihren Sohn. Er war ein „Studierter" und wusste so viel. Er konnte ihre Haushaltsgeräte reparieren und unten im Keller die Waschmaschine, bei der der Wassermotor manchmal stehen blieb. Für ihn gab es kein technisches Problem, das sich nicht lösen ließe. Aber wenn sie sich mit ihm über den Tod von Franz, ihrem Mann, Augusts Vater, unterhalten wollte, wich er aus. Franz war im Krieg elendig in einem Eisenbahnwaggon gestorben. Sie hatte ihn nicht auf dem Friedhof begraben können und wusste auch nicht, ob er vor seinem Tod gelitten hatte. Das quälte sie manchmal nachts, wenn sie nicht schlafen konnte. „Ob er manchmal bei uns ist? Ob ich ihn wiedersehe, wenn ich mal sterbe? Ob unsere Familie sich dort oben wohl zusammenfindet?" versuchte sie, ihre Gedanken mit August zu teilen. „Ach Mutter, er ist tot, Vater ist da nicht irgendwo im Himmel. Das reden sie euch nur ein und trösten euch damit." Wenn August so redete, war sie verletzt und traurig. Sie hatte ein hartes Leben gehabt und war streng gegen sich selbst geworden. Sie war keine eifrige Kirchgängerin, und sie war auch nicht „fromm", was immer sie darunter verstand, aber sie machte sich eben ihre Gedanken. Wenn sie darüber mit Kätchen, so nannte sie zärtlich ihre Schwiegertochter, sprechen wollte, antwortete diese nur: „Ach, Mutter", und wendete sich ab. Sie fragte sich, warum sie sich so verhielt, wusste sie doch, dass Kätchen in Oberhausen häufig die Nähe zur Kindergartenschwester und zum Pastor gesucht hatte. Ida hatte mit ihr damals offener sprechen können.

Katharinas älteste Tochter sang inzwischen im Kirchenchor. Mehrstimmig übten sie dort die schönen alten Choräle ein, die sie in den Sonntagsgottesdiensten singen würden. Längst hatte sie den Mädchenkreis und Schwester Margot aus Oberhausen hinter sich gelassen. Die Fragen, die sie noch in Oberhausen beschäftigt und heiß diskutiert hatte, waren verblasst. Sie stand kurz vor dem Abitur und hatte sich anderen Fragen zugewendet. Trotzdem wunderte sie sich, dass ihre Mutter niemals auf die Zeit in Oberhausen zu sprechen kam, als sie gemeinsam sonntags in die Kirche gegangen waren. Warum besuchte sie hier so selten an Sonntagen die Kirche und hörte sich an, was der Chor dort vortrug? So hatte sie ihre Mutter eigentlich nur erlebt, bevor die Frau mit dem Paket von Schwester Margot gekommen, und dies der Anfang von neuen Kontakten zu der örtlichen Gemeinde geworden war. Sie wusste, dass ihre Mutter bedauerte, dass sie diese Bindungen hatte verlassen müssen und hier nichts Neues hatte aufbauen können. Sie wusste, dass die Kontakte, die sie durch den Beruf ihres Mannes aufgebaut hatte, für sie nicht befriedigend waren. Oft lachten sie über die breite westfälische Sprache der Frauen und machten sich über das wichtige Getue und ihre Eitelkeiten lustig. Dann setzte sich wieder ihr heiteres Wesen durch.

17.

August wurde nach einigen Jahren zum Betriebsführer ‚übertage' befördert. Jetzt hatte er nur noch den ‚Inspektor' über sich, der sowohl das Bergwerk über- wie untertage zu betreuen hatte, also für den gesamten Betrieb verantwortlich war.

August sorgte für den Transport der Menschen, die mit dem Förderkorb in den Schacht zu ihrer Arbeitsstelle gebracht und für die Kohlen, die in Loren aufwärts in die Kohlenaufbereitung geholt oder zum Verkauf in entsprechende Waggons verladen und an die Gleisanschlüsse der Bundesbahn gebracht wurden. In der Kohlenaufbereitung, genannt Kohlenwäsche, sortierten Arbeiter an langen Förderbänden die Steine aus, und Wasser wusch den Kohlenstaub aus den Kohlen, der später in der Kokerei zu Koks verarbeitet wurde. Zu den Arbeiten, die vor allem zur einwandfreien Versorgung der Bergleute dienten, die achthundert Meter unter der Erdoberfläche die Kohle schürften, waren vielerlei Maschinen notwendig. Die ‚Grubenbewetterung' musste für ausreichende Frischluftzufuhr sorgen und das Abpumpen des aus dem ‚Gebirge' abfließenden Wassers durfte nicht vernachlässigt werden. Maschinen für diese Aufgabe in einsandfreiem Zustand zu halten, war seine Aufgabe. was ihm große Freude bereitete, da er sich mit Maschinen auskannte und die Arbeit mit ihnen liebte.

Er wurde Mitglied des Kegelclubs, deren Mitglieder in der zecheneigenen Kneipe ohne große Erfolge trainierten und hauptsächlich gesellige Veranstaltungen organisierten, an denen auch die Frauen der Kegelbrüder teilnahmen. Er hatte sich in seinem Umfeld gut eingelebt und fühlte sich dort wohl.

Katharina lebte das Leben ihres Mannes. Sie nahm an den Ausflugsfahrten des Kegelclubs teil, bei denen es manchmal recht lustig zuging. Sie kannte die Bekannten ihres Mannes, von denen sie gelegentlich eingeladen wurden und luden selbst Gäste ein.

Eine ernsthafte Krise bahnte sich an, als die älteste Tochter kurz nach dem Abitur ihren Eltern gestehen musste, dass sie schwanger war. August war sehr stolz auf sie gewesen, hatte sie auf ihrem bisherigen Bildungsweg doch alles geschafft, das ihm damals in seiner Jugend verwehrt worden war. Er hatte sich einen glänzenden beruflichen Lebensweg für sie ausgemalt. Hinzu kam, dass ein uneheliches Kind eine ungeheure soziale Peinlichkeit war. Sie „musste" heiraten, wie man so etwas nannte. August fühlte sich persönlich beleidigt, dass sie ein Kind bekam, ohne verheiratet zu sein. Hart und unnachgiebig schickte er sie weg. Eine von ihm bezahlte Ausbildung kam unter diesen Umständen nicht mehr infrage. Ein uneheliches Kind zu haben, war ein gesellschaftliches Debakel und ein sozialer Abstieg. Er konnte nicht verzeihen, dass seine Tochter, auf die er so große Hoffnungen gesetzt hatte, ihm diese Demütigung zumutete. Obwohl Ingrid noch vor der Geburt des Kindes heiratete, musste sie, mittellos und plötzlich aus ihrer Familie gerissen, das Elternhaus verlassen. Sie zog mit ihrem Ehemann, einem Studenten der Tiermedizin, nach Hannover, Zum ersten Mal hatte Katharina versucht aufzubegehren. Es hatte harte Auseinandersetzungen gegeben, Katharina verlangte, dass er seine Entscheidung zurücknähme. Sie weinte, sie drohte, sie wendete sich von ihm ab und stritt lautstark und heftig. Aber August setzte sich durch und Katharina blieb nicht anderes, als verletzt und traurig zurückzubleiben.

Als allerdings ein Junge geboren wurde, den August sich immer so sehr gewünscht hatte, überwandt er seinen Zorn und schloss Frieden mit der jungen Familie. Das Studium seines Schwiegersohns konnte nach einigen harten, entbehrungsreichen und sehr arbeitsamen Jahren der jungen Familie erfolgreich beendet werden. Ingrid, die wie ihre Mutter ohne Berufsausbildung geblieben war, konnte erst später, als das jüngste ihrer drei Kinder neun Jahre alt war, ein Studium beginnen und danach als Lehrerin arbeiten. August hat voller Stolz den neuerlichen Werdegang seiner ältesten Tochter beobachtet.

Die Werkswohnung, die ihnen von der Zeche zur Verfügung gestellt worden war, hatten Katharina, August und die Familie nach einigen Jahren verlassen und ein eigenes Haus erworben. Das Haus war komfortabel eingerichtet, mit einer Zentralheizung, fließendem Warm- und Kaltwasser, einem gefliesten Badezimmer und einer eingebauten Küche, Bequemlichkeiten, die sie bis dahin nicht gekannt hatten. Für den großen Garten, der eleganter gestaltet war, arbeitete wieder ein von der Zeche eingestellter Arbeiter, der treu und gewissenhaft alle anfallenden entsprechenden Arbeiten erledigte. Er mähte den großen Rasen, der gleich an die Hausterrasse anschloss und pflegte die Büsche und Sträucher, die den Rasen säumten. Ein paar Gemüsebeete hatte Katharina versteckt anlegen lassen, die Gartengeräte wurden in einem kleinen Gartenhäuschen untergebracht. Sie liebte es, wenn bei Familienfeiern ein großer Tisch auf dem Rasen aufgestellt wurde und die ganze Familie draußen ihren Kaffee trinken und den von Katharina gebackenen Kuchen essen konnte. Es wurde geraucht, Bier und Wein getrunken, gelacht und geplaudert. Ihre Enkelkinder, die zu Besuch waren, spielten derweil auf dem Rasen. Wenn es zu laut wurde, weil sie sich bei ihrem Spiel zu sehr ereiferten, ermahnten sie ihre Mütter, was aber meistens nur für kurze Zeit für Besserung sorgte. Katharina liebte dieses Getümmel, und August war stolz, dass er diesen Rahmen für einen Festtag bieten konnte.

Ida besuchte die Familie und blieb manchmal mehrere Wochen. Auch Luise oder Maria waren oft ihre Gäste. Die Verwandtenbesuche mochte Katharina gern. Die folgenden Jahre wurden unbeschwerter. Sie bedauerte zwar, dass sie keine eigenen Freunde besaß, aber August Freunde waren auch ihre Freunde geworden. Und einige waren dabei, die recht lustig und sympathisch waren. Sie akzeptierte auch, dass August oft von seinen Kegelabenden recht ‚fröhlich' nach Hause kam, da in jenen Zeiten viel Alkohol getrunken wurde. Er war dann geradezu redselig und zu Späßen aufgelegt. Sie merkte wohl, dass es nur eine aufgesetzte Fröhlichkeit war, aber sie spielte das Spiel mit und ließ ihn nicht merken, dass sie ihn durchschaute.

Die beiden jüngeren Töchter hatten nach dem Abitur eine Ausbildung gemacht und waren verheiratet und berufstätig.

Ursula war Lehrerin geworden, heiratete einen Lehrer und zog mit ihm und ihren beiden Kindern später in eine andere Stadt. Auch zu dieser Tochter gestaltete sich Augusts Verhältnis nicht so, wie er es sich erhofft hatte. Schon als Kind zeigte sie sich willensstark und widerspenstig. Als engagierte Gewerkschafterin war sie tatkräftig am politischen Geschehen interessiert und engagierte sich in vielen Bereichen. Gemeinsam mit ihrem Ehemann und anderen Gleichgesinnten hatte sie vor dem Zechentor Flugblätter verteilt, die die Arbeitsbedingungen auf der Zeche anprangerten. Das musste zu Konflikten mit ihrem Vater führen, die sie gern in Kauf nahm. Auf die Befindlichkeiten ihres Vaters nahm sie keine Rücksicht. Sie kleidete sich unkonventionell, nahm an Demonstrationen und an aufrührerischen Versammlungen teil und provozierte gelegentlich die Polizei, ein Verhalten, das häufig großes Aufsehen erregte, auf das ihr Vater von Freunden und Arbeitskollegen angesprochen wurde. „Sie ist ein Dickkopf", wie Oma Ida das nannte. Katharina versuchte zwischen August und ihr zu vermitteln, was ihr nur in den seltensten Fällen gelang., Karin wohnte im Haus ihrer Eltern. Sie war die einzige von Katharinas und Augusts Töchtern, die keinen großen Ärger machte. Auch sie war Lehrerin geworden. Gemeinsam mit ihrem Ehemann baute sie sich eine Wohnung im Haus von Katharina und August aus. Da Karin keine Kinder bekommen konnte, adoptierten sie zuerst ein Mädchen und dann einen Jungen. Ihre freien Zeiten verbrachten sie in einem Ferienhaus im Sauerland, das sie sich schon sehr bald kaufen konnten, und in dem auch Kathrina und August häufige Gäste waren.

August starb mit 67 Jahren.

Zu diesem Zeitpunkt hatten sie vierundzwanzig Jahre in Kamen gewohnt. Der Lungenkrebs, hervorgerufen durch die gefährdenden Bedingungen bei der Kohleverarbeitung und sein starkes Rauchen hatte seine Gesundheit zerstört. Zwei Jahre hatte er mit Chemo-Therapien, Bestrahlungen und Kuren gegen die Krankheit gekämpft und zuletzt noch zusätzlich unter einer sehr schmerzhaften Gürtelrose gelitten. Aufgedunsen, schwach, unter den Schmerzen leidend und den nahen Tod vor Augen versuchte er, den Eindruck zu erwecken, als lebe er ein normales Rentnerleben, das er eigentlich seit zwei Jahren hätte führen können, Er beschäftigte sich mit alltäglichen Dingen, saß auf dem Sofa und las die Tageszeitung oder ging, so gut er es noch konnte, im Garten spazieren. Er vermied jeden Anlass, der jemanden hätte ermutigen können, ihn zu seiner Krankheit anzusprechen.

Katharina half ihm, wo sie konnte. Sie wechselte ihm die Umschläge, mit der die Schmerzen der Gürtelrose gelindert werden sollten, brachte ihm Tee oder Kaffee und Leckereien und erzählte ihm, was sie an Neuigkeiten erfahren hatte. Sie umsorgte ihn liebevoll und versuchte, ihn nicht merken zu lassen, wie sehr sie mit ihm litt. Aber Katharina wagte nicht, seine Zurückhaltung aufzubrechen, es wäre ihr ohnehin nicht gelungen. Sie wusste, dass er litt. Sie sah es an seinem Gesicht, wenn er sich unbeobachtet fühlte. Es waren sicher nicht nur die Schmerzen. Quälte er sich mit den Gedanken an den nahen Tod? Oder nahm er seine Situation tatsächlich so gelassen, wie er sich gab? Das hielt sie für unmöglich. Aber sie konnte ihm nicht helfen. Sie wagte nicht, einen Versuch zu unternehmen, ihn in einem Gespräch zu trösten oder ihn zu ermutigen, über seine Angst vor dem Tod zu sprechen.

Er kannte den Verlauf seiner Krankheit. Er wusste, dass die Krankheit zum Tod führen müsse. Beide taten so, als lebten sie an normalen Tagen, die wie alle anderen Tage vorher schon immer so gewesen waren, und als sei nichts geschehen. Jeder verbarg vor dem Partner seine eigenen Gedanken. August machte vor seinem Tod nicht eine einzige Bemerkung über seine seelische Befindlichkeit. Er starb im Krankenhaus, als auch die technischen Geräte sein Leben nicht mehr halten konnten.

Nach seinem Tod machte Katharina sich Vorwürfe, dass es ihr nicht gelungen war, mit ihm über den nahen Tod zu sprechen, dass sie es nicht wenigstens versucht hatte, ihn nach seinen Gedanken und Sorgen zu fragen, um ihn damit vielleicht doch zu einem Gespräch zu ermutigen. Vielleicht hatte er sogar darauf gewartet? „Ich liebte ihn doch, ich habe versagt. Vielleicht hätte ich ihm helfen können", be-

kannte sie später einmal und versuchte dabei, ihre Tränen zu verbergen. „Er muss sehr allein gewesen sein."
Sie trauerte und merkte, wie sehr sie ihn vermisste. In ihrem Leben hatte es viele Tiefen gegeben, und vielleicht hatte ihre Liebe dabei jedes Mal ein wenig von ihrer ursprünglichen Stärke verloren. Aber, wie sie jetzt merkte, war doch noch so viel davon übrig geblieben, dass sie ihn so sehr vermisste.

18.

Viele Jahre lebte Katharina in dem großen Haus. Sie war in die obere Etage gezogen, die Familie ihrer jüngsten Tochter wohnte mit den Kindern im Erdgeschoss. So fanden es alle praktischer. Die Kinder konnten aus der Wohnung in den Garten laufen oder ihre Fahrräder in der Garage unterstellen. Oft aß dann die ganze Familie an Omas Esstisch zu Mittag. Oma machte mit den Kindern Hausaufgaben, malte oder spielte mit ihnen, bis die Eltern von der Arbeit nach Hause kamen. Diese Aufgaben übernahm sie gern. Sie fühlte sich gebraucht und war beschäftigt. Der Schmerz über den Verlust ihres Mannes war mit der Zeit nicht mehr so reißend. Zurück blieb ein ständiges Gefühl der Trauer und die wehmütige Erinnerung an ihr langes Leben der Zweisamkeit.

Einige Jahre nach Augusts Tod luden ihre älteste Tochter und ihr Ehemann sie ein, sie in den Osterferien auf eine Städtereise nach München zu begleiten. Sie freute sich sehr über diese Einladung und schloss sich ihnen gern an. Sie bummelten durch die Stadt, kauften ein, besuchten die Baudenkmäler, nahmen im Residenztheater an einer Aufführung von Kleists ‚Der Zerbrochene Krug' teil und spazierten auf den Wegen im Park des Schlosses Nymphenburg. Sie bewunderten die Frauen- und die Theatinerkirche mit all ihrer Pracht. Es wurde ihnen zur Gewohnheit, Städte und deren Baudenkmäler zu besuchen. Immer wieder nahmen sie auch gern an den katholischen Messen teil.

So auch, als sie wieder einmal zu Ostern in München waren. Die Ostermesse wurde in der Frauenkirche von Bischof Ratzinger gehalten und war deshalb besonders

prächtig gestaltet. Katharina konnte sich nicht so recht ein-
gestehen, dass sie die prunkvollen Messen, besonders die zu
Palmsonntag und Ostern liebte, hatte ihr Vater und auch
sie selbst doch immer gemeint, dass diese Zurschaustellung
von Bildern, kostbaren Statuen mit viel Gold und Silber
nicht in einen Gottesdienst gehöre. Sie kannte viele Gebete
und Lieder der katholischen Kirche noch aus ihrer Kinder-
zeit und konnte sich sogar noch am Frage- und Antwort-
spiel zwischen dem Priester und der Gemeinde beteiligen.
Sie konnte auch viele der ehemals lateinischen Texte verste-
hen, weil sie inzwischen in Deutsch gesprochen oder auch
gesungen wurden. Aber immer noch weigerte sie sich, beim
Gebet niederzuknien. „Ich kann aufrecht vor meinem Gott
stehen", hatte ihr Vater gesagt. Mit großer Andacht verfolg-
te sie die Liturgie. Die gesprochenen Gebete erinnerten sie
an die Heimlichkeiten, als sie damals im Bett ihrer Mutter zugehört hatte, wenn sie das ‚Ave Maria' betete. Als der
Bischof beim Abendmahl am Altar stehend den Wein aus
einem prunkvollen Becher trank, und die Gemeinde nicht
bat, selbst an dieser Zeremonie teilzunehmen, schüttelte
sie den Kopf und flüsterte „bei uns trinkt jeder selbst den
Wein". Mit ‚uns' meinte sie die Besucher des Gottesdiens-
tes in der evangelischen Kirche, so wie sie ihn kannte. Als
das ‚Vater unser' Gebet von der Gemeinde gemeinsam gesprochen wurde, ergänzte sie leise, aber trotzig den letzten
Satz: „denn dein ist das Reich, die Kraft und die Herrlich-
keit in Ewigkeit. Amen!" so wie sie es gelernt hatte. Sie fand
es unziemlich, dass dieser Satz bei den Katholiken fehlte.
Als die Messe beendet war, verließ Bischof Ratzinger durch
den Mittelgang das Kirchenschiff und drückte im Vorüber-
gehen die sich ihm entgegen gestreckten Hände der Gläubigen links und rechts und wünschte ihnen ein gesegnetes
Osterfest. Auch Katharina streckte ihm ihre Hand entge-

gen, er nahm sie und wünschte ihr ein frohes Fest. Sie war gerührt, setzte sich, holte ihr Taschentuch aus ihrer Handtasche und wischte sich ein paar Tränen aus dem Gesicht. Ihre Kinder wussten nicht, weinte sie in Erinnerung an ihre Kindheit und an ihre Mutter oder war es nur die sentimentale Feierlichkeit des Augenblicks. Später schüttelte sie die Betroffenheit ab und sagte: „Ein Bischof ist auch nur ein Mensch wie wir."

Die Städtereisen zu Ostern gefielen ihr und sie freute sich immer, wenn ihre Tochter sie einlud mitzufahren. Sie wurden über viele Jahre zur Gewohnheit. Sie suchten sich Städte mit großen prächtigen Kirchen und Kathedralen aus, so Worms, Regensburg, Würzburg und viele andere. Sie wurden interessiert besichtigt, aber am wichtigsten war ihr die Teilnahme an der Ostermesse in den großen Domen. Sie lernten viele Städte und deren große Kunstwerke kennen, aber immer war Katharina das Erlebnis der Ostermesse am wichtigsten.

Als sie dicht gedrängt zwischen den Gläubigen auf dem Petersplatz in Rom standen, um den Papst zu sehen und den Ostersegen zu empfangen, biss sie sich auf die Lippen, als der Papst erschien, während die Menschen um sie herum in lauten Jubel ausbrachen. Es war Ratzinger, der damals in München schon einmal Katharinas Hand genommen hatte. Nach dem Segen ‚Urbi et Orbi' für die Stadt und alle Völker der Welt erhob sich wieder großer Jubel bei den Menschen auf dem Petersplatz. Sie brach in Tränen aus, weil sie erschüttert war, obwohl auch sie immer wieder von ihrem Vater gehört hatte, dass der Papst niemals in der Macht- und Autoritätsfülle, die er besaß, der Stellvertreter Gottes auf Erden sein könnte. „Als wenn nun alles in dieser Welt besser werden würde. weil der Papst die Macht dazu hätte", sagte sie.

Beim Besuch der Kapuzinergruft brach sie angesichts der vielen Totenschädel, die die Mönche hier im Laufe der Jahrhunderte von ihren Brüdern gesammelt hatten, zusammen, sodass sie hinaus getragen werden musste. Wahrscheinlich war es der schlechte Zustand ihres Körpers. Ihr Herzfehler, den sie schon als Kind gehabt hatte, machte ihr zu schaffen und provozierte gelegentlich solche Zusammenbrüche.

Manchmal bedauerte sie, dass sie die Lutherstädte nicht sehen konnte. Sie lagen in Ostdeutschland. Eine Reise dorthin war wegen der Teilung Deutschlands unmöglich. Sie wusste, dass ihrem Vater ein solcher Besuch besser gefallen hätte, aber insgeheim freute sie sich über jede Messe, an der sie teilnehmen konnte.

Zu Hause besuchte sie die Gottesdienste in der schönen, alten Kirche. Die Kinder ihrer jüngsten Tochter wurden konfirmiert und es bot sich die Gelegenheit, sie an Sonntagen dorthin zu begleiten. „Ich gehe gern mit den Kindern", meinte sie, als ihre Tochter sich über ihren Sinneswandel wunderte. Sie sang den Kindern Choräle vor, deren Texte sie auswendig lernen mussten. Sie mochten, wenn Oma sang. Sie ließ sich nicht lange bitten und wurde von den jungen Konfirmanden bewundert, weil sie die Texte meist auswendig singen konnte, ohne ins Gesangbuch zu sehen. Auch die neue, junge Pastorin lernte sie kennen, wenn diese die Familien ihrer Konfirmanden besuchte und unterhielt sich gerne mit ihr. „Wissen sie, es gibt wunderschöne katholische Kirchen. Und die Messen, die dort gefeiert werden, haben etwas Feierliches", erzählte sie ihr. „Sie sind etwas bunt, und die Menschen können leicht abgelenkt werden. Nicht so wie bei uns", setzte sie schnell noch hinzu. Sie ließ sich aber nicht überreden, mehr am Gemeindeleben teilzunehmen oder im Kirchenchor mitzusingen. „Dazu bin ich schon zu alt."

Tatsächlich erlebte sie die Unterschiede der beiden christlichen Kirchen inzwischen unbefangener. In den prächtigen katholischen Gotteshäusern hatte sie viel Religiosität erlebt, Menschen die gläubig und unkompliziert an den Gottesdiensten teilnahmen. Ihre von ihrem Vater übermittelte strenge Ablehnung war in den Hintergrund getreten. Die Zwänge der Vorstellungen ihres Vaters, die sie als Kind im Leid ihrer Mutter erlebt hatte, gerieten in Vergessenheit.

Zu Weihnachten fuhr Katharina regelmäßig zusammen mit der Familie ihrer jüngsten Tochter in deren Ferienhaus ins Sauerland. Sie mochte es, wenn der Schnee auf den Bäumen der riesigen Wälder die Landschaft verwandelt hatte, und die Schneeflocken vor dem Fenster die Welt draußen vor ihnen zu verschließen schien. Sie las den Kindern vor und spielte mit ihnen ‚Mensch ärgere dich nicht‘ oder ‚Halma‘, die alten Gesellschaftsspiele, die sie schon in ihrer Kindheit gespielt hatte. Am Heiligen Abend besuchten sie den Weihnachtsgottesdienst der kleinen alten Kirche des Dorfes, die von den Kerzen des großen Weihnachtsbaums erleuchtet war. Andächtig lauschte sie der von einem Kind vorgetragenen Weihnachtsgeschichte und stimmte begeistert in die von einem Harmonium begleiteten Lieder ein. Zur Feier des Jahreswechsels kamen auch die beiden anderen Töchter mit inzwischen fünf Enkelkindern, um die Feiertage gemeinsam zu begehen. Es wurde gemeinsam gebacken und üppig gekocht. Am Tisch mussten alle eng zusammenrücken, weil der Platz für die immer größer werdende Familie enger wurde. Geschlafen wurde auf dem Sofa, auf dem Fußboden. Wer Glück hatte, ergatterte eines der überzähligen Betten in den winzigen Zimmerchen des Ferienhauses. Aber alle genossen die Tage des winterlichen Zusammenseins, besonders die Kinder, die viel Platz zum Schlittenfahren und Herumtollen im Schnee vorfanden und es liebten, wenn Oma ihnen vorlas.

Aber mit fortschreitendem Alter machte ihr ihre Krankheit immer häufiger zu schaffen. Es gab gefährliche Schwächeanfälle, für die entsprechende Medikamente bereitgehalten wurden. Atemnot und Ohnmachten traten immer häufiger auf, und manchmal musste sogar der Notarzt gerufen werden. Sie versuchte, die Schwere ihrer Beschwerden herunterzuspielen, um niemanden zu beunruhigen. Sie lebte gern, trotz vieler schwerer Jahre, die sie in ihrem Leben gehabt hatte.

Nach ihrem letzten besonders heftigen Anfall lag sie noch kurze Zeit an den Maschinen der Intensivstation des Krankenhauses, die ihr für jeden Herzschlag einen schrecklichen Impuls gaben. Sie starb, nachdem sie noch einmal kurz zu Bewusstsein gekommen war. „Ich will nicht", waren ihre letzten Worte.

Ihre Töchter begruben sie neben ihrem Ehemann. Ihr Name wurde in den glänzenden, dunkelroten Stein geritzt, auf dem schon Augusts Name stand. Immer, wenn die Töchter sie besuchten, legten sie liebevoll Blumen auf das Grab. Fragen, die sie im Leben nicht zu stellen gewagt hatten, und die sie nun im stummen Verweilen äußerten, wurden auch jetzt nicht beantwortet.